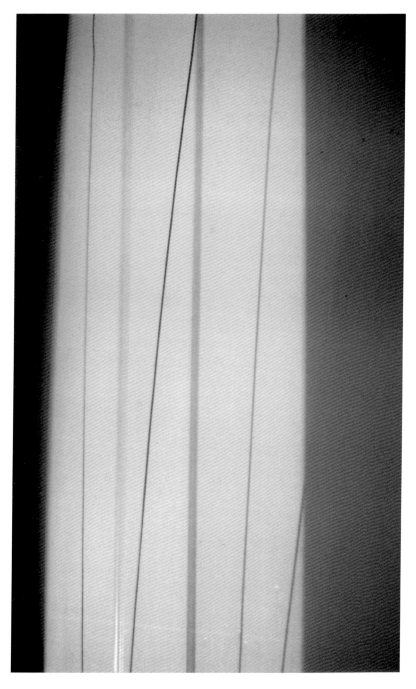

다행히 아무도 나를 모른다

Jeg blir heldigvis ikke lagt merke til
by Liv Marit Weberg
ⓒ 2015 by H. Aschehoug & Co. (W. Nygaard) AS

Korean translation ⓒ 2017 by Charlie Book
Published by arrangement with Oslo Literary Agency through Icarias Agency

This translation has been published with the financial support of NORLA.

다행히 아무도 나를 모른다

1판 1쇄 인쇄 2017년 2월 24일
1판 1쇄 발행 2017년 3월 14일

지은이 리브 마리트 베베르그
옮긴이 한주연

펴낸이 박철준
펴낸곳 종이섬

등록 제410-2016-000111호(2016년 6월 17일)
전화 02-325-6743
팩스 02-324-6743

전자우편 paper-is-land@naver.com
편집 김다미, 김나연
디자인 스튜디오 오와이이
사진 도은정

종이섬은 갈대상자, 찰리북의 임프린트입니다.

ISBN 978-89-94368-61-0 03890
이 도서의 국립중앙도서관 출판시도서목록(CIP)은 서지정보유통지원시스템 홈페이지
(http://seoji.nl.go.kr)와 국가자료공동목록시스템(http://www.nl.go.kr/kolisnet)에서 이용하실 수
있습니다.(CIP제어번호 : CIP2017003067)

한없이
불투명에 가까운
청춘 어쩌면
우리 모두의 이야기

종이섬

다행히
아무도 나를
모른다

Jeg blir heldigvis ikke lagt merke til

리브 마리트
베베르그 지음
한주연 옮김

진짜 세상

우리는 대부분 때가 되면 학교를 졸업한다. 그러니까 고등학교 때까지는 졸업을 특별히 마음에 두고 있지 않아도 할 수가 있다.

학교를 졸업하면 많은 것을 배운다(안타깝게도 막상 다니는 동안에는 별로 배우는 게 없다). 그리고 드디어 공이 굴러가기 시작한다. 삶의 공이.

학교를 마치고 나서야 비로소 진짜 세상에서 살아가야 한다는 걸 배운다. 학교에 다니면서 배웠던 모든 것들은 진짜 세상에서 쓸모없다는 사실 또한 배운다. 그동안 감쪽같이 속아온 셈이다.

다들 삶의 공을 마음껏 갖고 놀 수 있을 거라 믿는다. 어느 방향으로 굴러가게 할지 결정할 수 있으리라 여긴다. 여러 가지 선택지와 수많은 가능성이 있으며 꿈은 이루어진다고, 그렇게 배운다.

하지만 유감스럽게도 그럴 수 없다.

학교를 마치고 나면 비로소 이를 이해한다. 자신의 한계를 알아챈다. 아주 많은 한계들을 깨닫는다. 모든 게 불가능하다는 사실을 처절하게 납득한다.

손가락 하나 까딱이지 못하고 주저앉아 있는 동안 삶의 공은 끊임없이 아래를 향해 굴러간다. 통제할 수 없을 만큼 빠른 속도로, 죽음과 맞닥뜨리기 전까지 멈추지 않는다. 유감스러운 일이다.

오슬로에서 굴러가기 시작하는 나의 공

엄마와 아빠가 나를 도와 짐 상자 몇 개를 옮겨준다. 정확히 말해 총 세 개다. 아직 많은 짐을 소유하고 있을 만한 나이가 아니니 말이다.

침대와 이케아 의자 하나를 놓아두니 이사는 거의 끝난다. 내가 가진 가구는 그뿐이다. 더 놓을 자리도 없는 건 유감이지만.

나는 그러니까, 신발 상자 안으로 이사 왔다.

안에서 살펴본 아파트는 꼭 신발 상자처럼 생겼다. 하얗고 작은 직사각형. 차이점이라면 수도와 수세식 화장실이 있다는 정도일까. 분명 신발 상자 안에는 없는 것들이다.

"청소하기는 쉽겠구나."

엄마가 열띤 목소리로 더러운 회색 바닥을 가리킨다. 대부분의 학교에서 흔히 볼 수 있는 바닥. 침대와 이케아 의자를 제외하고는 텅 비어 있다.

"그래, 레인지가 두 개 넘게 있어 봤자 뭐 하겠니?"

아빠의 그 말은 즉, 이 아파트에는 미니 레인지가 딱 하나 있다는 얘기다. 미니 냉장고, 미니 싱크대, 온통 미니 천지.

더 이상은 당연히 필요 없다. 나는 이게 바로 철학이라고 생각한다.

엄마와 아빠가 마주 보고 열심히 미소 짓는다. 대체로 두 분은 심하게 미소를 주고받는 편이다. 과한 미소로 덮어야 할 만큼 따로 갈라섰다는 사실이 꽤나 곤란한 모양이다.

아빠가 시계를 쳐다본다.

"이런, 이만 갈까?"

"그래요, 갈 시간이네요."

엄마와 아빠는 진지한 얼굴로 동의하더니 갑자기 나를 향해 미소 짓는다. 아주 부담스럽게.

두 분은 아파트 상태에 제법 만족스러워하며 서둘러 빠져나간다.

"여기서 재밌게 지낼 수 있겠지?"

그 말을 남기고 내 어깨를 두드리며 가버린다.

이제 나는 오슬로의 신발 상자 속에 홀로 서 있다. 지금 당장은 재밌다고 말할 마음이 들지 않는다. 물론 금방 괜찮아질 거다.

내게는 앞으로 3년간의 계획이 빈틈없이 준비되어 있기 때문이다. 아주 의미 있는 시간이 되리라. 나는 그 시간 속에서 울고 웃으며 내 인생을 차곡차곡 쌓아 올리리라. 혼자서, 혹은 누군가와 함께(이건 시간이 지나면 알게 되겠지).

사람들은 저마다 크고 작은 포부를 가지고 오슬로 같은 도시로 향한다.

우리는 그 포부를 펼치기 위해 무언가 해야 한다. 사회에 쓸모 있거나, 아니면 본인에게 득이 되는 무언가를. 그게 뭔지는 생각하기 나름이다.

그래서 나는 전문대에 다닐 생각이다. 이른바 국제개발학을 공부할 거다. 나의 지평선을 넓히기 위해, 또한 다른 사람들의 지평선까지 발전시키기 위해. 아직 남들까지 신경 쓸 겨를은 없지만.

나는 그동안 살아왔던 답답한 내 삶에서 벗어나기 위해 오슬로에 왔다. 여기서 새로운 인생을 시작한다.

그리고 내일, 정확히 말하자면 오후 12시, 이른바 멘토 그룹을 만나러 학교에 당당히 첫발을 내디딘다. 거기서 다른 국제개발학도들과 안면을 트게 되리라.

부화 직전의 달걀처럼, 나는 준비가 됐다.

단 한 번의 기회

준비가 됐고말고. 여름 내내 바로 이날을 위해 만반의 준비를 해왔다. 얼마나 중대한 일인지 잘 알기 때문이다.

나는 친구들을 사귈 수도 있고 외톨이가 될 수도 있다.

호감을 얻을 수도 있고 미움을 받을 수도 있다.

나는 각각에서 전자를 목표로 삼아본다.

그래서 예를 들어, 내 이름이 무엇이고 어디에서 왔으며 몇 살인지 막힘없이 말하는 연습을 해왔다.

자연스럽게 대화를 이끄는 연습도 잊지 않았다. 대화라는 행위를 기꺼이 하려는 누군가와 마주친다면, 소매 속에 숨겨둔 세 개쯤 되는 질문들을 써먹을 계획이다.

문자 그대로다. 내 소매 안에는 종이 쪽지가 한 장 들어 있다. 소매가 꽉 끼는 스웨터를 입어 쪽지가 어떠한 경우에라도 흘러나오지 않도록 신경 썼다. 거기에는 다음과 같은 질문이 적혀 있다. '너는 뭐에 관심 있어?', '취미가 뭐야?', '유럽 말고 가본 나라 있어?' 같은 것들. 몇 가지 질문만으로도 대화가 좀 더 쉬워질 수 있으니 말이다.

어쨌든 그렇게 나는 학교로 향한다. 그리고 학교에 다다라서야 전문대가 무려 한 채 이상의 건물들로 이루어져 있음을 알게 된다. 이건 미처 예상치 못한 상황이다. 나는 이 건물에서 저 건물로 허둥대며 약속 장소를 찾아다닌다. 하지만 외양을 구분하기가 쉽지 않다.

가까스로 맞는 건물에 도착했으나 시계가 12시 10분을 가리키고 있다. 너무 늦어버렸다.

내 멘토 그룹은 이미 건물 밖 조그만 잔디밭에서 두 다리를 자루 속에 집어넣고 달리기 시합을 하고 있다. 다들 즐겁게 웃고 떠들며 노는 중이다. 자고로 자루 경주란 어느새인가 갑작스럽게 재밌어지곤 하는 재미없는 놀이가 아닌가! 다들 한껏 긴장을 풀고 저도 모르게 웃음꽃을 피워낼 것이다. 어떤 식으로든 서로 친구가 될 것이다.

내게 주어진 선택지들을 가늠해본다. 당장 저들 사이로 다가가 넉살 좋게 미소 지으며 웃고, 친근하게 손짓하며 자루 안으로 폴짝 뛰어 들어갈 수도 있다.

확실히 그게 내가 가진 단 한 번의 기회다.

그러므로 나는 여기서 이만 물러난다. 계속 걸어가며 완벽하게 우연히 지나가는 사람인 척한다. 나는 결코 국제개발학도가 아니다.

그리고 보니 길거리로 나와 보는 건 처음이다. 입학 첫날부터 무단 결석을 하는 행위는 곧 그동안 바라왔던 즐거운 학교생활을 포기한다는 의미다. 버스는 떠났다.

결국 다시 집으로 무거운 발걸음을 옮기려 해보지만 도무지 어디로 가야 할지 알 수가 없다. 나는 오슬로를 잘 모른다.

그리고 거기까지 생각이 미친 순간 갑자기 숨이 턱 하고 막혀온다. 전에는 겪어본 적 없던 증상이다.

무언가 심각하게 잘못되고 있다. 이대로 정말 죽을 수도 있겠다는 생각이 든다. 공황 상태에 빠져 주위를 둘러본다. 하지만 유감스럽게도 전부 내가 모르는 사람들뿐. 낯선 사람들에게 도움을 요청하기란 여간 난처한 일이 아니다. 정신을 잃을 듯한 공황 속에서 아무렇지도 않은 척하며 앞으로 계속 걸어 나간다.

어떤 사람과 그대로 맞닥뜨릴 때까지 나는 멈추지 않는다. 시야가 산소 부족으로 안개처럼 뿌옇게 가려져 거의 아무것도 보이지 않는다. 그 사람이 "어이쿠!" 하고 놀란다.

"씩씩하게 잘 걷네?"

그러고는 내 얼굴을 빤히 들여다본다.

그 애는 기묘하게도 사람과 시선을 마주치는 데 전혀 거리낌이 없다.

나는 내가 숨을 쉬지 못하고 있었다는 사실마저 잊을 정도로 이 상황에 무척 당황한다. 덕분에 오히려 찬물을 끼얹은 것처럼 마음이 가라앉는다.

이렇게 나는 토레를 만났다.

그리하여 공은 다른 방향으로 구르기 시작한다

올바른 방향일까?

확실하다. 평범해 보이는 소년이 나와 이야기를 나눈다. 우연히 마주친 길 한가운데에서. 소년은 말을 멈추지 않는다. 참 이상하게도 끊임없이 이야기한다. 마치 소매 안에 몇 가지 질문들을 숨겨놓은 것처럼. 아니, 그 자리에서 바로바로 떠올리는 건가?

차츰 이 상황이 이해되기 시작한다. 평범해 보이는 소년과 이야기를 하고 있는(가만히 입 다물고 있기는 뭐해서) 지금, 마침내 나도 이른바 황금 같은 기회를 잡은 셈이다. 내 매력을 뽐내며 드디어 사람들이 말하는 그런 연애를, 이 소년과 시작할 수 있을 것이다.

나는 살면서 일찍이 교제란 긍정적인 것이라고 배웠다. 청소년 잡지의 사랑, 로맨스, 성, 동거와 관련된 이런저런 이야기들을 푹 빠질 정도로 열심히 읽으면서 말이다.

로맨스는 언제나 긍정적인 분위기로 묘사됐다. 틀린 말은 하나도 없었다. 잡지에 따르면, 사랑이란 달콤하게 온몸을 간지럽히는 느낌이다(특별히 달콤하게 들리지 않는데 뭐가 달

콤하다는 건지 잘 모르겠다. 개인적으로 누가 간지럽히는 것
도 싫지만. 아무튼).

나는 매력을 뽐내지 않는다

유감스럽게도 나는 어떻게 해야 할지 모른다.

그러나 토레는 내 매력에 대해 딱히 신경 쓰지 않고 바로 번호를 묻는다. 특별히 사람을 가리지 않는 모양이다.

토레가 이상하게 보일 수도 있다. 하지만 토레는 확실히 나보다 나은 애다. 삶의 역경 없이 평탄하게 자라온, 그냥 평범해 보이는 비교적 평범한 소년(일단은 그래 보인다).

그게 나를 완전하게 한다.

그게 나를 보통으로 만든다. 평범하게 만든다.

난 평범한 게 좋다.

달콤한 시간을 함께한다

그렇게 토레와 나는 사귀기 시작한다. 온 세상이 아름답게만 보일 정도로, 우리는 무척 행복하다. 믿을 수 없게도 우리는 사랑을 하고 있다. 사랑에 빠진 사람들은 이상하고 웃긴 행동을 하곤 한다.

덧붙여 우리는 서로를 안팎으로 알아간다. 진심으로 하는 말이다. 밖으로 안으로. 토레는 정말로 내 전부를 알고 있다.

나는 토레를 내 가장 깊숙한 방 안으로 받아들인다.

참조: 앞 장은 반어법이었음

당연히 토레는 나에 대해 개뿔도 모른다.

　나는 대부분의 방들을 열어주지 않도록 조심한다. 그러지 않았으면 토레가 나를 별로 좋아하지 않았을 거다.

　흔히 '정직함이 가장 오래 간다'면서 110퍼센트 진실해야 한다든가, 그런 얘기를 하지만 정말 말도 안 되는 소리다.

　아주 오래전에 그렇다는 걸 몸소 깨달았다. 어렸을 때 한 일주일 동안 정확히 150퍼센트로 사실만을 말하며 솔직하게 산 적이 있었다. 그 결과, 철저하게 아무도 나를 좋아하지 않았다.

　그래서 토레와 사귀게 되었을 때 나는 그 시절 얻은 교훈을 되살려 진심을 멀찍이 떨어뜨려놓았다. 서툰 출발을 예쁘게 포장한 것이다. 말하자면.

잘 해내고 있다

나는 평소에 토레가 불쑥 나타나지 못하도록 먼저 집으로 초대하곤 한다. 내 쪽에서 시간을 통보하면 토레는 그 시간에 딱 맞춰서 나타난다.

덕분에 나는 이른바 사회생활 전용 가면을 언제 쓰고 벗으면 되는지 항상 의식하고 있다. 편안하다.

하지만 이 질서는 두세 달 후 와르르 무너지고 만다. 누군가와 사귀면 그 사람이 당신을 더 알아가고 싶어 한다는 단점이 생긴다. 당신의 전부를 궁금해한다. 그러니까 가면을 벗은 당신이 보고 싶은 거다.

토레는 이따금 나를 빤히 바라본다. 그럴 때마다 나는 쥐구멍이라도 찾아 숨어버리고 싶다.

침대 위에 나란히 앉아(둘이 앉을 공간이 있는 유일한 가구이기 때문이다) 토레의 부담스러운 눈길을 받으며 나는 어색하게 미소 짓는다. 그리고 적당한 시점에서 "헤헤……"하면서 거북한 정적을 깨기도 한다.

그렇게 서로 짧지 않은 시간을 함께 보낸 어느 날, 갑자기, 전혀 예상치 못한 순간에 토레가 뜬금없는 말을 꺼낸다.

"그래서 네 사람들은 어때?"

여기서 말한 '네 사람들'이란 부모님을 뜻한다. 내 짐작으로는. 아무튼 토레는 우리 부모님에게 돋보기를 들이대고 싶어 한다. 우리 부모님을 이해하면 나를 좀 더 잘 이해할 수 있으리라 여기는 것이다. 생각 같아서는 두 분을 토레의 돋보기에서 몇 킬로미터쯤 멀찌감치 떼어놓고 싶다.

"똑같지 뭐. 평범한 분들이야."

토레가 애매하게 고개를 끄덕인다. 내 대답에 썩 만족하지 못한 기색이다.

"어, 그렇구나."

"두 분 다 일하셔."

눈치를 보다가 보완하듯 덧붙인다.

"아빠는 은행에서, 엄마는 사무소에서. 그게 다야. 더 얘기할 것도 없어."

"으응."

토레는 몇 분간 가만히 벽을 응시한다. 유감스럽게도 집 안에 딱히 시선을 둘 만한 게 없기 때문이다(몇몇 사람들은 아파트를 꾸미기 위한 장식품으로 명화나 이케아 그림 액자, 개인적인 사진 등을 사용하지만 나와는 상관없는 얘기다). 그러다 불쑥 내뱉는다.

"언제 만나 뵈어야 할 텐데."

"뭐?"

나는 화들짝 놀라서 재빨리 둘러댄다.

"부모님…… 저번에 한 번 보지 않았나?"

하지만 토레의 눈빛을 보고 나는 곧 입을 다문다(흉악해
보일 정도로 화난 눈초리다).

"난 다음 주말에 시간 괜찮아."

말을 그칠 줄도 화제를 돌릴 줄도 모르는 소년은 하던 얘
기를 계속한다.

"그래서 말인데, 주말에 같이 놀러 가도 되지?"

"……너네 부모님한테? 그래, 그러자. 되고말고."

그러나 토레는 내 빗나간 대답에 아랑곳하지 않기로 작정
한 상태. 소년의 고집을 꺾는 건 불가능해 보인다.

어쩔 도리가 없다

하는 수 없이 부모님께 남자친구가 생겼다는 사실을 고할 처지에 놓인다. 사실 계속 감추고 있을 생각이었다. 이 관계가 얼마나 지속될지 아무도 모르는 일이므로 굳이 알려야 할 이유가 없는 것이다. 따라서 언젠가 끝난다 하더라도 성가신 참견을 피할 수 있다. 나는 흔히 말하는 선견지명이 있는 사람이다.

반면 토레는 나처럼 머리를 쓸 줄 모른다. 앞날을 전혀 내다보지 못한다.

결국 우리는 두 분의 '집'으로 짧은 여행을 떠나기로 한다. 일종의 주말여행을.

기차에 오른 토레는 행복에 젖은 한 마리 원숭이 같다. 어른 사람을 보면 눈에 띄게 열광한다.

기차역에 서 있던 엄마가 우리를 보고 손을 흔든다.

토레도 따라서 손을 흔든다.

"토레, 만나서 정말 반갑구나."

엄마가 토레와 포옹을 나눈다. 그러고는 내가 재벌 2세와 사귀는 드라마 여주인공이라도 되는 듯 날 바라본다. 토레는 그쪽과는 거리가 영 먼데도.

"그래, 약대생이라고 들었는데."

엄마가 웬일로 빈 병과 커피 컵이 굴러다니지 않는 말끔히 치워진 차를 출발시킨다.

"직업 고르는 안목이 아주 흥미롭구나. 조금 색다르잖니, 너처럼 젊은 애치고는."

이에 토레가 맞장구친다.

"그러니까요. 요즘 애들은 미래 전망을 잘 안 따져보더라고요. 저는 항상 취업 가능성이 얼마나 되는지 보고 판단하거든요. 학자금 대출만 받고 끝나면 안 되잖아요."

토레가 시큰둥하게 거슬리는 소리를 하고 나서 슬쩍 메마른 웃음을 머금는다.

나는 그런 토레를 쳐다본다. 엄마 또한 그렇게 한다.

"굉장히 현실적인 친구네."

그 말을 하는 엄마의 눈가에 눈물이 조금 고여 있는 것도 이해가 간다.

엄마는 지금 새로운 미래를 그려본 것이다. 그동안 상상해 왔던 미래(아파트 집세도 스스로 못 내고 직업 없이, 가진 것 없이 혼자 쓸쓸히 집 안에 앉아 있는 나)가 아닌, 돈 잘 버는 약사 남편과 자식들 키우면서 알콩달콩 사는 내 모습을. 정원 딸린 멋들어진 집이 배경으로 깔렸을 게 틀림없다.

엄마는 말없이 집으로 차를 몬다. 입가에는 흡족한 미소가 걸려 있다.

"다 왔다. 여기란다."

누가 봐도 노르웨이식인 도시로부터 조금 떨어진 곳이다. 누가 봐도 노르웨이식으로 빽빽하게 들어찬 집들 사이에서 엄마가 빨간 목조 주택을 가리킨다. 이번에도 웬일인지 말끔하게 페인트칠이 되어 있다.

엄마에게 새 친구가 있다

"너희가 온 뒤로 생각해봤는데."

엄마가 불쑥 입을 연다.

"엄마의 새 친구를 저녁 식사에 초대하길 잘했구나. 한 시간 안에 올 거야."

그러고는 부엌으로 들어가 식사 준비를 시작한다.

엄마는 당연히 그 '새 친구'라는 사람에 대해 한 번도 이야기해준 적이 없다. 엄마는 그런 이야기를 몇 년이 지나도록 꼭꼭 숨기곤 한다(나중에 관계가 깨졌을 때 그 일을 굳이 밖으로 들추기 싫기 때문이다. 관계는 깨지라고 있는 거니까. 그런 점에서는 나와 조금 닮았다).

"새 친구 이름이 뭔데요?"

반가운 척하며 물어본다.

"욘."

"이름이 멋진데요."

내 대신 대답한 토레가 말을 잇는다.

"젊은 애들 같네요."

욘

"그래, 오랜만에 추억의 동네로 돌아온 소감이 어때?"

욘은 키가 큰 중년 남자다. 잿빛으로 센 머리에 키가 큰 남자. 덩치도 크다.

나는 활짝 미소 짓는다.

"여기저기 생각나는 장소들이 있어요."

"그렇지. 참 좋은 곳이야. 난 여기서 쭉 자랐단다."

"멋진 동네예요. 풍경이 아름답네요."

토레의 진지한 감상에 어른들이 흐뭇하게 미소 짓는다. 그리고 잠깐 동안 정적이 흐른다. 이윽고 다 함께 엄마가 만든 비프스테이크를 음미한다.

"자, 그럼."

욘이 말문을 연다.

"저녁 내내 우리 지겨운 노인네들이랑 같이 앉아 있을 건 아니지? 둘이 시내에 나가볼 거니? 모처럼 홈그라운드에 왔는데."

그러고는 내 어깨를 두드린다. 손이 엄청나게 커다랗다.

"헤헤."

그 순간, 스테이크가 목에 턱 걸린다. 나는 기침을 해서 그걸 토해내고 마저 이야기한다.

"개인적으로 그건 죽기보다 싫어요."

"어어, 그렇구나."

조금 당황했는지 욘의 목소리는 어색하다.

"딱히 파티걸처럼 즐기거나 하는 성격은 아닌가 보구나, 그러니?"

맥없이 나를 바라보는 토레의 시선이 느껴진다. 그때 엄마가 흡사 수호천사처럼 나를 구원하려 끼어든다.

"그렇다니까. 얼마나 얌전한 앤데. 책 보거나 뭐 그런 걸 좋아하는 편이야."

애써 미소 짓는 엄마의 얼굴에 당혹스러운 기색이 스친다.

"오늘 같은 날은 그래도 펍에 가서 맥주라도 마실 수 있지 않니? 금요일 저녁이라 분위기도 좋을 텐데."

엄마의 말에 토레가 체념 섞인 눈빛을 해 보인다.

"제가 얘를 데려갈 수 있어야 말이죠. 안 돼요, 안 돼. 사람 북적거리는 데로는 안 나가요."

다들 유쾌하게 웃는 토레를 따라 웃는다.

나는 입을 꼭 다물고 식사에 집중한다.

"내가 어렸을 땐 말이지, 거짓말이 아니라 일주일에 세 번은 시내에 나가 놀았단다. 바닥에 벌러덩 뻗어버릴 때까지 달렸다니까? 나 원 참!"

욘이 말을 마치고는 다른 사람들을 전부 마다하고 굳이 나를 콕 집어 찡긋, 윙크를 날린다.

"그런데 말이다. 나이가 들면 더 이상 그렇게 살 수가 없단다."

그러고는 맛있는 스테이크를 한 조각 천천히 씹으면서 사색에 잠긴다. 벌린 입안이 훤히 들여다보인다.

"에이, 즐길 수 있을 때 즐겨야지."

또 한 입 고기를 입에 넣고 씹으면서 욘은 무거운 눈길로 나를 짓누른다. 나는 안절부절 어쩔 줄 몰라 한다.

"사람은 금방 늙거든."

아빠와 크누트

주말이 끝나려면 아직 멀었다. 토레와 딱히 언급하고 싶지 않은 긴 밤을 보내고, 억지로 자리에서 일어나 두 눈으로 아침 햇살을 맞이한다.

오늘 우리가 함께 시간을 보낼 사람들은 아빠와 크누트. 크누트는 아빠의 가장 친한 친구다(이는 중년 남성에게 친한 친구가 있을 리 없다는 이론을 정면으로 반박한다. 다는 아니어도 일부는 실제로 친구가 있다).

아빠와 크누트는 언제나 함께한다. 떼려야 뗄 수 없는 사이로, 아빠는 크누트를 곁에 두지 않고서는 우리와 만날 생각이 눈곱만큼도 없을 정도다.

"크누트도 같이라면, 그러자꾸나."

내가 전화로 집에 들르겠다고 했을 때 아빠가 한 말이다.

맹세코 그까짓 일로 기분이 몹시 상한다거나 하진 않는다. 크누트가 있든 말든 코딱지만큼도 관심이 없기 때문이다.

크누트가 문을 열어준다.

"왔구나. 그런데 너희, 7시에 오는 거 아니었니?"

그러고는 시계를 흘긋 본다.

"맞아요."

내 대답과 함께 토레가 어른스럽게 미소 짓는다.

"그러려고 했는데요."

"그랬구나. 10분 지났네."

"헤헤, 엄마가 화장실이 급하다고 하셔서요."

그러자 크누트가 난데없이 웃음을 터뜨린다. 그렇게 웃는 건 또 처음 본다.

아무튼. 아빠는 연립 주택에 살고 있다.

집 안은 나름대로 꽤 아늑한 분위기다. 탁자와 옷장마다 빠짐없이 놓인 촛불 덕분인지도 모르겠다.

물론 다른 전등들도 있다. 하나같이 너무 어둡지도, 부담스럽게 환하지도 않으면서 딱 알맞은 밝기로 빛난다.

어슴푸레하다. 몇몇 전등은 슬슬 갈 때가 된 것 같다.

부엌으로 들어서자 아빠가 저녁 준비에 열을 올리고 있다. 아마 새끼 양을 이용한 요리 같다. 아빠가 오븐 장갑을 낀 채 토레에게 인사를 건넨다.

우리는 곧 크누트에게 이끌려 거실로 나간다.

그리고 셋이 함께 앉아 저녁을 기다린다.

토레는 썩 환영받은 것 같지 않다. 내겐 그런 낌새를 알아차리는 능력이 있는데, 분명 본인도 그렇게 느끼고 있을 거다. 지금까지 찍소리도 하지 않고 조용히 있는 걸 보면.

"헤헤."

결국 내가 이 숨막히는 정적을 깨려 나선다.

"전 항상 좀 비인간적이라고 생각했어요. 새끼 양이요."

"뭐, 그럴 수도 있지. 어쨌든 인간이 아니라 동물이니까."

"헤헤, 그게 아니라요, 그걸 먹는다는 게요."

크누트가 내 말을 듣고 심기가 불편한 표정을 짓는다.

"아무럼 돼지보다 더하겠니?"

"글쎄요, 돼지는 그래도 다 큰 어른이잖아요."

그랬더니 토레가 나를 무슨 처음 말문이 트인 사람처럼 바라본다. 그리고 푸스스 웃는다. 토레의 그 웃음소리와 딱 들어맞는 단어 같다. 푸스스.

크누트는 여태 장난기 없이 혼자 심각하다.

"돼지들은 모조리 다 죽어. 새끼든 어른이든."

"그건 그렇지만……."

문득 이렇게 부르짖고 싶어진다. '돼지들을 좀 풀어줍시다!' 아니면 또 다른 말도 안 되는 헛소리라도 지껄이고 싶다. 저 아저씨는 이상하게 사람을 울컥하게 하고 충동적으로 만들어버린다. 왜 그런지는 모르겠지만.

그때 아빠가 완성된 램커틀릿을 들고 온다.

"크누트, 맥주 마실 거지?"

나와 토레에게는 묻지도 않는다.

저녁 식탁에서 오갈 법한 대화가 오간다. 토레도 자연스럽게 스며든다. 약학 공부와 자기 약국을 여는 꿈, 오늘날 우리 사회에 대한 견해까지 많은 이야기들을 한다. 미래에 관한 이야기 역시 빼놓지 않는다.

아빠는 기분이 좋아 보인다. 크누트가 맥주를 다 비우면 그때마다 꼬박꼬박 새 맥주병을 건넨다.

"크누트, 음식 어땠어?"

마침내 저녁 식사를 거의 해치우자 아빠가 기다렸다는 듯이 묻는다.

"말이라고! 완전 죽여줬지."

그러고는 껙 하고 트림을 한다.

"채식주의자들은 꿈도 못 꿀 맛이야, 이 맛은."

크누트는 굳이 나를 콕 집어 쳐다보면서 다시 껙 하고 트림을 한다.

쓸데없이 많은 말은 삼가고 주말을 보낸다

그랬다. 딱 두세 마디가 다였다.

그 정도면 나름 적당한 수준이다. 토레는 내게 충분히 정성을 쏟고 있다. 언제나 내가 말하는 시간에 딱 맞춰 와준다.

유감스럽게도 그 정성은 크리스마스가 다 되어갈 때까지 지속된다. 자고로 크리스마스란 다 같이 즐거운 시간을 보내며 서로 선물을 주고받는 날이다.

우리도 남들처럼 크리스마스를 보낼 예정이다. 그래서 나는 선물에 집착하는 사람이 아닌 데다 아무것도 갖고 싶은 게 없다고 토레를 회유해본다. 이 세상에는 선물을 받지 못하는 사람들이 너무 많은데 나만 홀랑 받기가 불공평하다는, 그럴싸한 이유도 갖다 붙인다.

그러나 토레는 내 말을 귓등으로도 안 듣는다. 토레는 선물을 아주 좋아한다. 특히 누군가에게 선물을 준다는 행위에 큰 의미를 두고 있다. 또한 다른 나라 사람들 사정은 깨끗이 잊어버리자고 한다. 특별한 날이니까, 라면서. 어쨌든 크리스마스 기간에는 그렇단다. 게다가 벌써 나한테 줄 선물을 사뒀단다(이 얘기를 11월 29일에 들었다).

그리하여 나는 갑자기 닥쳐온 초조함을 숨기고 감동받은 척 연기한다. 누군가 당신에게 줄 선물을 샀다고 했을 때 보일 만한 그런 반응을 보인다.

울음보는 토레가 가고 난 뒤 터뜨리기로 한다.

토레는 나를 과대평가한다

시간이 붙잡을 새도 없이 지나간다. 할 일이 산더미처럼 쌓여서 그런 건 아니다. 사실 나는 별로 하는 일이 없다.

그럼에도 불구하고 시간은 쏜살같이 흘러 금방 12월 22일이 될 것이고, 다음 날 우리는 가족들을 만나러 각자의 집으로 향할 것이다. 그러므로 그 전에 선물을 교환해야만 한다.

나는 이 일이 얼마나 중대한지 잘 알고 있었다. 11월 29일 이후로 쭉. 정신을 차리고 보니 어느새 12월 22일, 나는 지금 신발을 신은 채 현관문 앞에 멍하니 서 있다. 정말로 외출할 계획이기 때문이다. 계획에 따르면 문 밖을 나가 아무 가게 안으로 들어간 뒤 어떤 소년에게 줄 만한 물건을 하나 사야 한다. 세상 모든 것들을 갖고 있지는 않은, 다만 약 세 가지 정도는 갖고 있는 그 소년을 위하여.

물론 그게 불가능하다는 사실은 두말하면 잔소리다.

그리하여 마침내 12월 23일이 되었고, 이제 더 이상 도망칠 곳이 없다.

토레에게 봉투를 하나 건넨다.

"와, 편지도 썼어?"

기뻐하는 기색이다. 토레는 아주 평범한 소년에 지나지 않으므로 진짜 편지를 쓸 것까진 없는데, 하고 생각할 게 분명하다.

물론 쓰지 않았다. 봉투 안에는 500크로네 지폐 한 장이 자리잡고 있다. "메리크리스마스:)"라고 덧붙인 쪽지도 함께.

토레가 봉투를 받고 진심으로 기뻐하기에 나는 순간 그렇다고 대답할 뻔한다. 하지만 금방 들통날 거짓말을 왜 하겠는가. 더럽게 기분 잡칠 게 뻔한데.

"헤헤."

나는 정말정말 떨어지지 않는 입을 열어 이렇게 말한다.

"선물이야. 쓰고 싶은 데 써."

더 이상 한 치 앞도 내다볼 수 없다

크리스마스가 지나자 토레는 내게 전화를 걸어 할 말이 있으
니 만나자고 한다. 그 말을 듣고 나는 또 매번 하는 학교 공
부 얘기겠거니 생각했다. 그 나이 소년들은 시도 때도 없이
그런 얘기를 떠벌리곤 하니까. 그건 그렇고, 나는 크리스마스
연휴 내내 꺼림칙했던 선물 교환의 순간을 잊으려 노력했다.
토레 역시 그랬다면 더 바랄 게 없으련만.

　그러나 벨 소리에 문을 열자 곧 마주친 토레의 얼굴은 내
예상을 뒤엎었다. 전혀 수다 떨러 온 사람처럼 보이지 않았
다. 어쨌든 학업 이야기 따위는 아닌 거다.

　토레는 마치 내 존재를 부정하려는 듯 주위를 빙 맴돌기만
한다. 한 팔 간격쯤 되는 거리를 유지하면서. 그리고 내게서
최대한 멀리 떨어지고 싶은지 이 집에서 하나밖에 없는 안락
의자에 가서 앉는다.

　"안 되겠어. 그만하자."

　나는 앉은 상태 그대로 딱딱하게 굳어진다. 벌어진 입을
다물 정신도 없다.

　"난 그냥……."

토레가 곤란한 기색으로 머뭇거린다.

"그냥, 널 이해 못 하겠어."

"뭐를?"

그러자 그 개자식이 어깨를 으쓱하며 이렇게 지껄인다.

"한심해. 난 그런 사람들이 어렵더라."

그런 사람들

우리는 아무에게도 어울리지 않는다.

삶의 공은 굴러갈 방향을 잃어버린다

혼자인 사람은 움직이지 않고 가만히 서 있는다. 보통은 삶의 공이 언제나 데굴데굴 굴러가고 있으리라고 믿게 마련이다. 마땅히 그래야 하기 때문이다. 삶은 앞으로 가거나 뒤로 가거나, 위로 올라가거나 아래로 떨어지거나, 그래야 한다고 생각한다.

하지만 꼭 그러라는 법은 없다. 내가 이해한 바로는.

삶의 공은 정말 미동도 없이 멈춰 있을 수 있다. 그 자리에서 내내 헛돌 수도 있다.

긍정적으로 생각해보기로 한다.

나는 안락의자에 앉아 있다. 며칠이 지나도록 거기 앉아 창밖을 내다보며 가만히 삶을 더듬어본다. 살면서 일어난 멋진 일들에 집중해본다. 앞으로 내 손에 거머쥘 모든 것들을 상상해본다.

하지만 나는 그 무엇도 떠올릴 수 없다.

더 열심히 거짓 웃음을 짓는다

이럴 순 없다 싶어서, 나는 이 시점에서 내 재산 목록을 작성하기로 결심한다.

그냥 내 인생을 영역별로 나눈 작은 목록이다. 미리 말하자면 나는 하나의 인생 영역, 즉 남자친구를 잃었으니 그 시간을 다른 영역에 더 투자할 수 있게 됐다. 와, 신난다! 소중한 시간을 알차게 사용할 수 있다는 기대가 부풀어 오른다. 이제 처음으로 어디에 쓸지만 찾으면 된다.

나는 가족, 이라고 적는다. 많은 세상 사람들처럼 내게도 엄마와 아빠가 있다. 체크. 하지만 이들에게 과연 시간을 써도 괜찮을지 확신이 서지 않는다. 역시 약간의 거리를 두는 편이 좋겠다고 생각하며 이 인생 영역 위로 선을 죽 긋는다.

학업과 학교생활, 이라고 적는다. 내 또래 대부분이 이 영역을 중요하게 여길 거다. 문제는 내게 더 이상 공부할 장소가 없다는 것. 자루 경주를 보고 도망친 이후로 전혀 학교에 나가지 않았으므로 내 자리가 남아 있을 리 만무하다. 심지어 시험조차 한 번도 치른 적이 없으니…… 어떻게 되어 있을지 불 보듯 뻔하다.

사회생활, 이라고 적는다. 그리고 곧바로 다시 선을 죽 그어버린다. 유감이지만 내 사회생활은 토레와 함께 사라졌다.

애완동물, 이라고 쓰고 뒤에 물음표를 붙인다. 여기에는 시간을 들일 수 있을지도 모르겠다. 그러려면 일단 무슨 동물을 기를지 정해야 하는데, 예를 들면 강아지가 좋을까, 하고 생각하는 찰나 전화벨이 울린다.

헤헤. 전화벨이 울린다. 그러니까 토레가 전화를 걸어 '할 말이 있다'고 했던 날로부터 딱 이틀 만에.

진정하자. 순식간에 이상한 기운이 온몸을 뒤덮는다. 긴장 풀자. 그저 토레가 나를 되찾고 싶어 하는 것뿐이다. 마음을 가다듬고, 한 번에 받아주지 말고, 몇 분 정도는 기다려보는 게 낫겠지. 안달 좀 나보라지.

벨이 두세 번쯤 울릴 때까지 기다리는 것도 좋겠지, 라고 생각하다 얼른 달려가 침대 밑에 떨어져 있는 휴대전화를 주워 온다(며칠 전 정말 우연히도 손에서 미끄러져 벽으로 날아갔다).

토레의 번호가 아니라 잠깐 멈칫했지만 곧 내가 아무 의심 없이 전화를 받게 하기 위한 수작이라고 납득한다. 본인의 번호로 전화를 하면 내가 안 받을까 봐.

교활하기도 하지! 이 예상이 맞든 틀리든 일단 그건 나중에 생각하기로 한다.

"여보세요."

목소리에 기분 나쁜 티를 담아보지만 생각만큼 충분히 우러나오지 않는다. 오히려 불분명하게 쉰 목소리가 된다.

"누구시죠?"

전화 저쪽에서 물어온다. 전보다 가늘어진 토레 목소리에 깜짝 놀란다. 꼭 여자 목소리 같다. 하긴, 후회가 심하면 그럴 수 있지. 눈물이 많은가? 아마 그래서 그럴 거다.

"나야."

조금 민망한 기분에 헛기침을 한다.

"안네 리세 씨 맞나요?"

"뭐 하는 거야, 토레."

그러자 토레는 전화를 끊어버린다.

그리고 나는 아마 이번 건 토레의 전화가 아니었나 보다, 하고 인정한다.

그래서 다시 기다린다.

그러나 아무도 전화하지 않는다

토레도, 다른 개자식도.

불을 모르는 아이가 불길 속으로 용감히 뛰어든다

당연한 이치다. 활활 타오르는 불길을 처음 보는 아이는 새빨간 불꽃에 홀려 불 속으로 뛰어들 것이다. 이렇듯 사람은 뜨거운 불에 한번 데어보아야만 불길을 피해 숨는 법을 터득한다.

엄마 불길에 델 각오를 한다. 문득 혼자라는 생각에 휩싸이고 아무것도 가진 게 없는 외톨이가 되자 엄마에게 전화할 마음이 생긴다.

부모라면 광활하게 펼쳐진 대자연 속에서 안심하고 붙어 있을 수 있는 든든한 암벽 같은 존재가 돼주어야 한다. 그렇게 들은 적이 있다. 바람이 불면 불수록 오히려 더 찰싹 매달리기 쉬운 것이 암벽이다.

그리하여 나는 엄마에게 전화를 걸어 토레와 헤어진 사실을 고해 바친다.

"어머머."

엄마, 충격으로 목이 메는 모양이다.

"아니, 대체……."

벌떡 몸을 일으켜 앉는 소리가 전화기 너머에서 생생히 들려온다.

"대체 무슨 일이 있었는데?"

"저도 몰라요. 살아온 환경이 다르니까 그렇겠죠, 뭐."

"넉 달이나 사귀지 않았니?"

"뭐, 그 정도 됐죠."

"어휴, 정말. 이제 어쩔 거니?"

"글쎄요. 좀 느긋하게 쉴까요?"

"학교 다니다 보면 누군가 만날 수도 있지 않니? 거기 괜찮은 남자애들 없어? 단정하고 그런 애들."

"어…… 그건 모르겠고요. 사실은 학교 공부가 저랑 안 맞더라고요. 전혀 맞지 않는 옷을 입었던 거 있죠."

"세상에 맙소사!"

엄마가 다시 의자 위로 풀썩 내려앉은 것 같다.

살아가는 동안 배움은 끝이 없다

살면서 내 사람을 얻는다는 것. 굉장히 긍정적으로 보이게
마련이다.

다들 그렇게 얻은 사람들을 힘든 시기가 찾아왔을 때 써먹
을 수 있는 비장의 카드라고 여긴다. 마음이 담긴 응원, 따뜻
한 어깨와 같다고 생각한다. 사람이란 그렇게 긍정적인 것이
라고 믿는다.

하지만 사실은 그 반대다.

부모로서 도저히 견딜 수 없는 상황은 바로 아이들이 아무
것도 하지 않으려 들 때다. 이성 친구를 사귀지도 않고 공부
도 하지 않는다고 치자. 그러면 마음이 담긴 응원이고 따뜻
한 어깨고 전부 그림의 떡이다.

얼마 지나지 않아 아빠가 전화를 걸어온다. 엄마에게서 내
소식을 전해 들은 것이다.

"지금 뭐 하고 있니?"

그러더니 뜬금없이 덧붙인다.

"우리 딸."

"으음."

나는 이쯤에서 슬슬 솔직하게 나가는 전법이 전혀 먹히지 않는다는 사실을 알아차린다.

"이것저것 하고 있어요. 할 일이 많아요."

"그러니까 무슨 일?"

"여러 가지요."

일단 대답해놓고 다급하게 머리를 굴린다.

"인터넷 강의도 있고요. 이것저것……."

"인터넷 강의?"

순간 아빠의 목소리에 어떤 흥미가 담긴다. 말하자면 복잡한 흥미다. 인터넷 강의를 놓고 사람들 사이에서 굉장히 많은 의견이 오가고 있는데 아빠는 이 화제에 대해 딱히 이견이 없다. 아빠는 인터넷 강의가 그냥 허튼짓이라고 생각하는 편이다.

"어떤 인터넷 강의?"

"물리학이요. 중력에 관한 내용으로 과제를 제출해야 하거든요. 또 이것저것……."

아주 거짓말은 아니다. 나는 하루 종일 앉아서 꾸깃꾸깃하게 구긴 종이 뭉치를 창밖으로 던지고 있다. 가끔은 종이에 무언가를 적어서 밖에 있는 누군가에게 제출한다.

그러고 나서 자리에 앉아 종이가 어디로 착지하는지 주시한다. 솔직히 말하자면 실제로 어떤 사람에게 명중했을 때 조금 기쁜 것도 사실이다.

"중력이라. 그래, 괜찮지."

하지만 탐탁지 않은 기색이다.

"그래서 지금은 누구랑 사귀고 있니? 토레하고는 자주 보니?"

"아니요. 그냥 빨리 잊으려고요. 지금 당장은 특별히 만나는 사람이 없긴 한데요."

"그래도 다른 사람들이 눈에 들어오긴 하는 거지?"

아빠의 목소리에 짜증이 섞여 든다.

"글쎄요, 가끔 사람들은 좀 과대평가되는 것 같아요."

그건 나 또한 마찬가지다.

사람들은 꼭 필요 없을 때 나타난다

나는 많은 것을 바라지 않았다. 그저 작은 위로와 어깨를 토닥이는 가벼운 손길을 기대했을 뿐. 오직 전화를 통해서 말이다. 나는 정말로 물리적인 접촉을 필요로 하지 않는다.

그러나 엄마와 아빠는 기어이 오슬로에 올 작정이다. 그것도 두 분이 함께. 차 한 대로 같이 움직이는 이른바 카풀 계획까지 세운 모양이다.

두 분은 나를 돕고 싶어 한다. 내가 마지못해 살아가는 그 삶을 이해하고 싶어 한다.

그게 한 인생을 위한 길이라 여기면서.

지옥에서 온 부모님

그리하여 그럭저럭 만족스러운 이 아파트/원룸/신발 상자 안에서 내 멋대로 살 수 있는 날이 단 하루 남았다. 내일이면 지옥에서 찾아온 부모님이 들이닥친다. 두 분이 상황 통제에 나선 것이다. 왜냐하면 내가 안 괜찮아 보이기 때문이다.

사람들은 보통 이러한 난관을 어떻게 헤쳐 나가야 하는지 알지 못한다. 쉽지 않은 일이다.

그러나 나는 인간관계의 갈등이라든가 친구끼리의 다툼 같은 말썽을 해결하는 데 도가 튼 사람이다.

그 예로, 초등학교 5학년 때 꽤 여러 번 피스메이커로 활약한 적이 있다. 한번은 신경질쟁이 아니타와 심술쟁이 트론 사이의 싸움을 야무지게 중재해냈다. 나는 그저 신경질쟁이 아니타에게 신경질을 조금만 덜 내라고 설득했고, 심술쟁이 트론에게는 심술을 조금만 덜 부리라고 어른스러운 척 타일렀을 뿐이다.

그러자 놀랍게도 며칠 동안 평화로운 나날이 지속됐다.

심술쟁이 트론이 열 때문에 집에 누워 있느라 학교에 오지 않았던 것이다. 그러자 아니타는 신경질 낼 일이 없었고, 트론은 심술을 부릴 수 없었다.

고로 이 자리에서 단언컨대, 나는 이 역경을 충분히 극복할 수 있다. 믿을 수 없게도 내겐 사회생활 요령이 있다.

지금 두 개의 전략을 놓고 고민하는 중이다. 1. 문전박대 작전. 냉대와 외면이 만연한 요즘 청소년들의 실태를 이용한다. 2. 간접흡연 작전. 연기로 여우를 내쫓는 사냥꾼들의 수법을 이용한다.

나는 1번을 버리기로 한다. 만일 부모님이 문 앞까지 와서 초인종을 누르더라도 무시해야 하는데, 그럴 경우 분명 경찰까지 불러 끝내 문을 따버릴지도 모르기 때문이다(요즘 부모들은 참 걱정도 팔자다).

따라서 연기를 피워 두 분을 쫓을 수밖에 없다. 이 방법은 예로부터 여우를 굴 밖으로 내쫓은 뒤 총을 쏘아 잡기 위해 써온 방법이다.

물론 나는 이 엽기적인 작전이 전혀 마음에 들지도 않고, 진짜로 총을 들고 밖에서 기다릴 생각도 없다.

그저 두 분이 빠르게 볼일을 마치고 방문을 끝내도록 이끌 뿐이다.

아빠는 담배 연기를 무척 싫어하고 엄마도 확실히 심하게 거부 반응을 일으킨다. 단 1분도 버티지 못할 게 틀림없다고 자신하며 나는 손을 맞잡고 쓱쓱 비빈다.

마침내 부모님이 초인종을 누를 때까지 나는 하루 종일 앉아서 뻑뻑 줄담배를 피운다. 꽤나 구역질이 난다.

이 계획에도 어김없이 흠이 하나 있긴 했다. 정작 나까지 연기에 밀려 쫓겨날 판이었다. 부모님과 꼭 같은 처지에 놓인 셈이다.

그럼에도 나는 어젯밤부터 쭉 이 희뿌연 흡연 구역 안에서 창문 한 뼘도 열지 않고 버티는 중이다.

구역질이 나고 메스껍지만, 견뎌냈다. 초인종이 울린다.

나는 당당하게 두 분을 맞이한다.

"윽⋯⋯."

엄마가 들어서자마자 후다닥 다시 밖으로 나간다.

반면 아빠는 좀 더 과감하게 연기 속으로 들어온다.

"네가 담배 피우기 시작했다는 건 잘 알겠구나."

그러고는 손을 휘휘 내젓는다.

"네. 중독성이 어마어마하더라고요."

나는 너무나 면목 없다는 티를 낸다.

"그걸 그렇게 잘 아는 애가 왜 그랬니?"

나는 깊은 슬픔에 잠긴 것처럼 천천히 고개를 젓는다.

"정말 한심한 거 잘 알아요. 모르고 피우는 사람들이 어디 있겠어요. 그런데도 스스로 무덤을 파게 되더라고요."

아빠는 고개를 절레절레 흔들고, 엄마는 바깥에 서서 연신 콜록대는 중이다. 작전 성공이 눈앞이다. 두 분은 이 아파트에서 한시도 머무르고 싶지 않을 것이다.

"최소 10년은 수명을 앞당긴 것 같아요."

목소리에 슬픈 감정을 싣는다.

"어쩌면 그 이상일지도 모르겠네요."

"그건 네 잘못이지."

그러더니 아빠는 대책을 내놓는다.
"카페로 가서 이야기하자."

지옥문이 열린다

맞다. 이건 예상하지 못했다.

바로 아래층 구석에 위치한 카페에서 부모님과 마주 보고 앉아 있는 상황 말이다.

카페는 낯선 사람들로 가득하다. 게다가 유감스럽게도 서로 간의 거리가 너무 가깝다.

부모님의 눈빛이 실망 내지 걱정을 담고 있다. 둘 다일지도 모르겠다.

맞은편에 앉은 두 분에게 최대한 자연스럽게 미소를 지어 보인다.

"그래서."

아빠가 엄마의 어깨를 토닥이며 입을 연다.

"너한테 매주 용돈을 조금 주자고 엄마랑 의논했단다. 네가 다시 일어설 수 있도록."

"아하."

나도 모르게 웃음이 피어난다.

"괜찮은 생각일 수도 있겠네요."

서둘러 몹시 침울한 기색을 내비친다. 혼자 힘으로 아무것도 못 할 사람처럼 보이도록.

"그런데 이제 보니 전부 담뱃값으로 나가게 생겼구나."

말을 마치고 아빠가 입을 다문다. 의미심장하다.

사람들은 나를 보면 답답할 수도 있다. 예를 들면 가끔 너무 순진하다고 여길 수 있다. 종종 겁쟁이로 보일 수도 있다. 물가에 내놓은 애 같아 보일 수도 있다.

하지만 나는 의외로 눈치가 좋다. 실패의 순간을 귀신같이 알아챈다. 덕분에 실패를 눈치챈 지금 이 순간, 당장 작전을 바꿀 수밖에 없다.

담배가 그저 연극이었다고 고백하는 건 너무 바보 같은 짓이라는 걸 알 만한 눈치도 있다.

걱정으로 얼굴에 주름을 잡은 부모님에게 입을 연다.

"괜찮아요, 학자금 대출도 있고요."

"그래, 그러면 학교를 좀 다녀야겠구나."

"꼭 그렇지는 않아요. 대출금만 조금 더 받다가 끝나는 거죠. 요즘 학자금 대출 없는 사람이 어디 있어요?"

짧게 웃어 보인다. 아빠가 눈을 감고 이마를 문지른다.

나는 평온하게 말을 잇는다.

"앞으로는 대출 받기가 점점 힘들어질 거예요. 학교를 1년 넘게 빠지면 당연히 그렇겠죠. 제 경우엔 6월이면 끝나요. 그럼……."

여기까지 말한 뒤 검지 손가락을 척 들어 보인다. 내가 언제나 매사에 준비된 여성 혹은 남성이라는 점을 강조하기 위해서.

"담배를 끊을 수도 있을걸요."

그러고는 몸을 뒤로 빼서 불편한 카페 의자에 기댄다.

"그리고 아까 말한 그 용돈을 받는 거죠."

엄마와 아빠는 마치 석상처럼 가만히 앉아 있다. 그보다 딱 들어맞는 표현은 없다. 아무런 표정도 읽을 수 없다.

"그래서, 어떻게 생각하세요?"

기대에 차서 묻는다.

그러자 엄마가 왈칵 눈물을 흘리기 시작한다. 아빠가 엄마의 등을 어루만진다.

"너도 이제 열아홉 살이니……"

아빠는 나를 보며 마지막으로 의미심장한 눈빛을 보낸다.

"앞날의 계획을 세워야겠지?"

토가 나온다

이 물음에 나는 당연히 아니라고 대답한다.

"아니, 오해를 하신 것 같은데요……."

나는 인터넷 강의에 대해 구구절절 장황한 설명을 늘어놓는다.

"……그러니까 이 인터넷 강의만 들어도 충분히 학점을 딸 수 있어요."

나는 상세하고 세밀하게 머릿속을 정리한다.

"그럼요, 그렇고말고요."

"그래서 인터넷으로 듣겠다는 거니? 물리학을?"

"네. 말씀하신 대로 다시 일어서려고요. 그리고 친구도 두세 명쯤 사귀려고요."

일이 나름 잘 풀려가고 있는 듯하다.

"그래, 그래야지."

엄마가 흐느끼며 오늘 처음으로 말문을 연다. 아까부터 계속 앉아서 훌쩍거리기만 한다. 제대로 충격을 먹은 모양이다.

"마침 다음 주말에 수강생들이 모두 모이는 모임이 있거든요."

머릿속으로 얼른 노르웨이에 있는 지명을 하나 떠올린다.

"론다네에서요."

말을 뱉자마자 곧바로 후회가 밀려온다.

론다네에는 한 번도 가본 적이 없다. 론다네에 대해 아무 것도 모른다는 말이다. 그래도 노르웨이에 존재하는 지역인 건 틀림없다.

"론다네?"

아빠의 물음에 네, 하고 기어 들어가는 소리로 대답한다.

"서로 친목을 다지고 뭐 그러려는 거죠."

자리에 앉아 나를 똑바로 쳐다보면서 아빠는 분명 이렇게 생각하고 있을 거다. '론다네에서 무슨 얼어 죽을 물리학 인터넷 강의 모임을 한다는 거야?'

"굉장히 물리학적인 지역이거든요."

"물리학적인 지역?"

"물리학과 긴밀하게 엮여 있는 지역이라고 할 수 있죠."

아빠는 왠지 미심쩍은 기색이다.

론다네 물리학 인터넷 강의 모임

부모란 했던 말을 또 하고 참견하는 데 전문가들이다. 아무리 그냥 내버려두는 편이 낫다고 해도 통하질 않는다.

따라서 나는 모임이 어땠는지 묻는 전화를 기어코 받게 될 거라고 씁쓸하게 장담한다.

인터넷 강의나 모임이 그저 새빨간 거짓말은 아니다.

나는 같은 수업을 듣는 수강생들과 론다네로 기꺼이 떠날 생각이었기 때문이다. 아무런 거부감 없이.

거기서 우리는 다 함께 울고 웃으며 인터넷 강의를 듣게 된 사연을 나눌 수 있을 것이다. 생각해 보니 이러한 행사에는 배배 꼬인 영혼들이 많을 법하다. 흔히 말하는 삐딱선을 탄 사람들 말이다.

문제는 이 모임이 이 세상에 존재하지 않는다는 것. 인터넷 강의 자체도 요즘 흔한 게 아니다. 잘은 모르겠지만.

그래서 나는 이 진실에 양념을 조금 쳐야 한다.

구글로 론다네를 검색해본다.

거기서 사진들을 여러 장 찾아낸다. 과연 경치가 장관이다. 국립공원도 있는 모양이다.

몇 가지 사항들을 적어 내리고 나니 나름 꼼꼼하게 준비를 마친 기분이다.

이제 전화를 기다리는 일만 남았다.

"그래, 모임은 잘 다녀왔고?" 엄마가 묻는다

예상대로다. 월요일이 되자 엄마가 확인차 전화를 걸어온다.

"아주 좋았어요. 많이 배웠고요."

"그래, 다 같이 뭘 했니?"

꽤 들뜬 목소리다.

"엄마는 론다네에 한 번도 가본 적이 없어서."

피차일반이다.

"론다네 국립공원에 갔어요. 거기서 물리학적인 현상들을 조사했죠."

"호오."

엄마가 관심을 보인다.

더 많은 질문이 튀어나오기 전에 엄마 말을 가로챘다.

"론다네 국립공원이 두 개의 주에 걸쳐 있다는 거, 알고 계셨어요? 저는 오플란 주 부분에만 가봤어요."

"오호."

다음 말 역시 재빨리 낚아챈다.

"뾰족뾰족한 산꼭대기가 엄청 많아서요, 풍경이 참 멋있어요. 가파른 골짜기도 그렇고요. 이끼랑 야생화, 거친 기반

암도 엄청나요."

"거친 기반암?"

"네, 사람들이 그렇게 부르던데요."

얼른 웃어넘긴다.

"물리학 여행에서 자연 풍경만 보고 왔니?"

엄마는 의아한 기색이다.

"헤헤, 재밌는 질문이네요."

그래도 아식 들킨 것 같진 않다.

"자연 풍경 관찰이야말로 물리학의 핵심적인 본질이랍니다. 새롭죠?"

"무슨, 흐음……."

분명 이상하다고 생각하는 모양이다.

나는 대화를 계속 이어나가보기로 한다.

"아무튼, 우리 조사원들이 뭘 했는지가 그리 중요한가요? 다들 재밌게 여행했으면 된 거죠."

"그렇다면, 잘됐구나."

마침내 유종의 미를 거둔다.

그런데……

"다른 학생들은 어땠니?"

여기에 대해서는 필기해두지 않았다.

"헤헤, 다들 괜찮았어요."

"친구는 좀 사귀었어?"

"그럼요, 평생 친구들이 생겼어요. 아마도요. 조금 빠르지만요."

"잘됐다. 어떤 친구들이니?"

"한 명은 고름이라고 하고요."

순간 처음 떠오른 이름이 그거다.

"고름? 이름이 고름……? 어때, 그 애랑 잘될 분위기야?"

그 말에 웃음이 터진다. 나는 이름이 고름인 사람과 그럴 생각이 털끝만큼도 없다.

"말도 안 돼요. 고름은 마흔 살이라고요."

"뭐? 왜 마흔 살이나 먹었어?"

"그건 제가 대답할 수 없겠는데요. 직접 물어보시는 게 어때요? 지금 뒤에 있거든요. 바꿔드릴게요."

절호의 기회다. 물론 엄마가 이에 흔쾌히 승낙할 위험도 있다. 고름과 함께 마흔 살 먹은 나이에 대해 토론하려고 한다면.

다행히 엄마는 내 기대를 저버리지 않는다. 곤란해한다.

"맙소사. 내가 그 사람이랑 무슨 얘기를 하겠니? 그냥 안부나 전하렴."

그러고는 전화를 끊는다.

이로써 해방이다. 마흔 살의 새 친구가 생겼지만 친구가 하나도 없는 것보단 낫다.

이 모든 상황이 무척이나 만족스럽다.

엄마는 몇 번 더 전화를 한다

그냥 확인차. 나는 연구를 위해 읽고 처리할 일이 산더미 같을 뿐 아니라 너무 많은 사회 활동에 참여하느라 죄송하게도 이야기할 짬이 안 난다고 둘러댄다.

내 삶은 빈틈없이 가득 차 있다.

나는 그렇다고 얘기한다. 엄마와 아빠는 빈틈없이 흡족해한다(그 삶이 무엇으로 채워져 있느냐 하면 할 말이 없지만, 어떻게든 차 있다는 게 가장 중요한 요점이다. 철철 넘쳐흐르기까지 한다).

더 이상 아무도 전화하지 않는다

어쨌든 그다지 자주는.

나는 아무렇지도 않다. 내겐 오히려 그 반대의 경우가 문제다. 뭐라고 해야 할지, 맞는 단어가 있는지 모르겠는데 그냥 편안한 기분이다.

드디어(조금 늦었지만 아무튼) 토레와 헤어지고 난 바로 지금이야말로 내 인생 최고의 순간이라는 사실을 깨달은 것이다.

가면 속의 나를 끈질기게 꿰뚫어 보려는 토레는 이제 없다. 걱정스러운 눈길로 나를 압박하는 부모님도 없다.

아무도 나를 들여다보지 않는다. 나는 이 세상에서 완전히 모습을 감춘다.

학교에 다니던 수년간은 아쉽게도 그럴 수 없었다. 학교 사람들은 내게 무언가를 바랐다. 무언가 제출하기를, 무언가 해내기를, 심지어는 내가 무언가 말하기를 바랐다. 더 큰 목소리로 이야기할 것을 요구했다. 시험지를 걷을 때 선생님들은 나를 그냥 지나치는 법이 없었다. 수업 첫날 자기소개를 시키는 것도 잊지 않았다. 체육 시간에 팀을 나눌 때도 애들은 나를 꼭 선택했다(물론 늘 맨 마지막이었지만, 절대로 모른 척 넘어가주지 않았다. 오지랖 넓기도 하지).

비로소 나는 원하는 바를 이룬 것이다. 단지 깨닫지 못하고 있었을 뿐.

이제는 안다.

토레와의 이별, 그리고 첫 번째 발견:
다행히 아무도 나를 모른다

매일 사람들에게 둘러싸여 사는 모든 이들을 상상해보라. 사람들은 드러나고 보여진다. 한 개도 아닌(당연한 소리지만) 수많은 눈들을 통해서. 그게 어떨지 그냥 상상해보라.

우선 언제나 사람답게 행동해야만 할 것이다. 단 하루라도 비인간적으로 살 수 없다. 내가 생각하는 비인간적이라 함은 즉 무례함, 뻔뻔함, 사악함, 더러움 같은 부정적인 성질들을 뜻한다. 사람들은 비인간적인 남들을 보고 나면 그들을 탓하는 동시에 자신을 돌아볼 것이다. 그러한 삶이다.

반면 나는 하고 싶은 대로 할 수 있다. 하루 종일 그래도 된다. 일부러 사람답게 있을 필요가 전혀 없다. 아무도 나를 볼 수 없기 때문이다.

나는 다른 사람들에게 조금 애잔한 심정을 담아 보낸다. 예를 들면 아이가 있는 사람들에게. 그 사람들을 생각하면 어깨가 들썩거리고(맞는 표현인지 모르겠다), 안타까운 마음이다.

그 사람들이 하루 동안 얼마나 많은 말을 해야 하는지 짐작해보라. 직장에서, 집에서 배우자와 함께(아직 아이들이 부부 생활을 박살내지 않은 경우에). 나는 상황이 더 나쁠지도 모를 아이들에게도 애잔한 심정을 담아 보낸다. 아이들은 하루 종일 감시당한다. 특히 말을 배우는 시기에 그렇다. 사람들은 아이들 앞으로 몸을 기울여 '엄마'나 '아빠', 또는 '감사합니다' 등 끔찍한 말들을 강요하고 얼굴을 가까이 대고 바라본다. 아이들이 그 말을 할 때까지.

곰곰 따져볼수록 기분이 개운해진다. 아무리 생각해봐도 사람들은 정말 욕보고 산다.

반면 나는 자유다. 사람들과 다른 모든 것들로부터 자유롭다. 나는 6월까지 완벽한 자유인이다. 그 후로는 유감스럽게도 대출을 받을 수 없게 되지만(장학재단은 이 점이 마음에 든다. 당신 말만 듣고도 당신이 공부를 할 거라고 믿어주는 것. 그리고 계속해서 당신에게 돈을 주는 것).

나에겐 앞으로 6개월을 버틸 수 있는 자금이 있다.

그사이에 무슨 일이든 할 수 있을 것이다.

무슨 일이든 하면 지친다

토레와 헤어지고 나니 모든 게 좋아 보인다. 모든 게 즐거워 죽을 지경이다. 단지 몇 가지 챙겨야 할 물건들이 있긴 한데 곧 마련할 수 있을 거다.

위장복의 필요성을 즉각 깨닫는다. 물건 하나 때문에 문밖으로 나가야 할 때가 생길 테니 말이다. 위장복이 있으면 간단한 산책이나 어쩌면 그 이상의 일이 가능할지 모른다.

이윽고 오슬로 거리로 첫 산책을 나갔다가 내가 약간 사람들 눈에 띈다는 사실을 감지한다. 많이는 아니고 약간.

거리를 따라 빠르게 발걸음을 놀린다. 아무도 쳐다보지 않고 누구와도 엮이지 않으며 완벽한 자유를 만끽한다. 웬 여자가 느닷없이 앞을 가로막고 절박한 눈으로 내 걸음을 멈추게 할 때까지.

헤헤. 그러니까 나이 든 아주머니다. 머리가 잿빛으로 세어 있다.

아주머니 입술이 움직여서 귀에 꽂힌 이어폰을 빼낸다.

"실례하지만, 오슬로 시청이 어디에 있나요?"

시청이 어디에 있는지 내가 알 턱이 있나. 나는 뭐가 어디에 있는지 전혀 모른다. 내가 아는 건 지금 내가 어디에 있는지뿐이다. 그렇게 호기심 많은 성격도 아니다. 거리의 건물들을 눈여겨보고 '와, 정말 멋진 건물이네!' 따위의 멍청한 생각을 하지 않는다는 말이다. 건물은 건물일 뿐이고 오슬로는 수많은 건물들로 가득하다. 거기서 틀린 그림을 찾기란 쉽지 않다.

하지만 이 여자, 그러니까 이 나이 든 아주머니는 내가 시청 위치를 알 거라고 확신하고 있다. 난감할 따름이다.

나는 대답 대신 몸을 돌려 다른 길로 향한다. 정확히 말하자면, 도망친다. 가끔은 이렇게 무작정 달리는 것도 상쾌한 기분이다.

다만 눈과 얼음덩이로 가득한 빙판길을 달리는 건 그다지 상쾌하지 않다. 몇백 미터도 채 달리지 못하고 꽈당 넘어지기까지 하니 절로 한탄이 나온다. '평화로운 산책이 될 수 있었는데. 완벽히 혼자서, 완벽히 평화롭게!'

생각해보건대 사람들은 예나 지금이나 같은 곤란을 겪고 있다. 다른 이들로부터 숨을 필요가 있었던 것이다. 바로 '위장' 말이다.

그 예로 사냥꾼이 있다. 사냥꾼은 동물들의 눈에 떡 하니 띄지 않도록 위장을 해야 한다. 그렇지 않으면 식탁 위에 올릴 식량이 없어지니 말이다.

물론 내겐 조금 다른 종류의 위장복이 필요하다. 엘크 같은 동물들을 사냥할 목적이 아니니까. 내 경우에는 단지 나이 든 아주머니를 포함한 다른 사람들로부터 빠져나가기 위함이다.

그리하여 길을 가다 처음으로 나온 옷 가게로 들어가(나는 이런 것에 그다지 까다로운 사람이 아니다. 옷 가게는 그냥 옷 가게다) 이렇게 묻는다.

"여기 위장복 있나요?"

한 여자가 나를 쳐다본다. 옷 가게 점원은 보통 여성이다. 카를링스스웨덴 사람이 설립한 노르웨이 의류 체인점. - 옮긴이만 빼고(거기는 주로 스웨덴 남성들을 세워둔다).

"음, 바지가 하나 있네요."

그러고는 일반적인 카키색 카무플라주얼룩덜룩한 보호색이나 보호무늬가 들어간 밀리터리 룩의 일종. - 옮긴이 바지를 내게 보여준다.

나는 공손하게 말을 꺼낸다.

"숲 속에서 입는 것 말고는 없나요?"

"네, 카무플라주 바지는 이거 딱 하나예요."

이런 염병할! 이 재수 없는 아줌마한테 이렇게 소리치고 싶다. '나는 도시에서 위장해야 한단 말이다!!!'

진짜로 소리치지는 않는다. 나는 내 심신이나 화를 잘 다스릴 줄 아는 사람이니까. 그냥 인사하고 나온다. 다시 속으로 한탄한다. 기대했는데, 나를 감출 수 있으리라 기대했는데.

사회적인 삶

어쨌든 우리는 사회적인 일들이 무수히 발생하는 세상에서 살아간다. 깊든 얕든, 좋으나 나쁘나 서로 관계를 맺고 있다. 사람들로 가득한 세상 속에서 어지럽게 엉켜든다.

대부분의 사람들은 그게 꽤 멋지다고 여긴다.

토레와의 이별, 그리고 두 번째 발견:
집 안에만 있는 게 현명하다

시간이 지날수록 내 신발 상자가 더욱 안락해진다. 근사하진 않지만 쓸 만하다. 나만의 거주 공간이자 자유 지역. 방공호 같기도 하다.

따라서 나는 집 안에만 있기로 다짐한다. 밖을 내다볼 수 있는 창문도 하나 있으니까.

만일 누군가 내게 토레와 헤어지고 그 긴 하루 동안 무엇을 하느냐고 묻는다면, 나는 즉각 "리얼리티 프로그램을 보고 있다."라고 당당하게 대답할 수 있다.

정말 재미있다. 물론 집에 TV가 있다는 건 아니다. 대신 안락의자에 앉아 창밖을 내다보면 된다. 쇼는 일상을 주제로 하고 있다.

오랜 기간 버틸 수 있도록 라면과 오트밀, 우유도 잔뜩 쟁여둔 상태다.

창밖에는 흥미로운 테마가 세 가지 있다. 리미 슈퍼마켓, 야외 테이블이 있는 카페(여름에는 사람들로 바글거리지만 겨울에는 담배 피우는 두세 사람뿐이다), 머리에 힘을 준 여자 하나.

나는 창문을 열고 사람들의 이야기에 귀를 기울인다.

한시도 귀를 뗄 수 없다. 유쾌하게 오가는 대화들이 아주 아주 듬뿍 들려온다. 나는 그 얘기에 울고 웃는다. 그리고 이런 생각을 한다. '와, 미쳤네 정말. 저렇게 치열한 삶이라니……' 여기 앉아서 사람들을 따르다 보면 골머리 썩는 이야기들을 많이 듣게 된다. 그러니까 저 사이에 섞이지 말고 될 수 있는 한 오래, 어느 정도 거리를 두어야 안녕한 것이다.

내 생각은 그렇다.

나는 겨울잠을 잔다

겨울잠이란 일부 동물 생태계에서 볼 수 있는 습성이다. 일부 동물들은 잠을 자고 휴식을 취하면서 추운 겨울을 나야 한다. 그리고 나 역시 그럴 필요성을 느낀다.

안타깝게도 몇 달을 내리 자는 건 불가능하다. 한동안 머릿속 스위치를 내리고 잠만 잘 수 있다니, 이 얼마나 멋진 일인가! 그러나 아쉽게도 나는 인간이다.

그리하여 나는 인간 동면에 들어간다. 또렷한 정신으로 휴식을 취하며 쉬는 거다. 내가 할 수 있는 최선이다.

겨울잠을 자는 습성은 오늘날 굉장히 과소평가 받고 있다. 특히 청소년들 사이에서 그렇다. 청소년들은 삶의 토대를 차곡차곡 쌓아나가야 한다. 그래서 교육을 받고 돈을 번다. 그 돈을 절약해서 주택 시장에 입성해야 한다. 거기에 함께 뛰어들 더 나은 반쪽도 찾아야 한다. 쉼 없이 미래를 생각해야만 한다고, 모두가 부추긴다.

나로선 이해할 수 없는 소리다. 나는 간혹 자는 겨울잠이 모두에게 유익하다고 믿는다. 잠에서 깨어 다시 일어나면 더 많은 기운을 얻을 수 있다고 믿는다.

그게 내 계획이다. 나는 휴면할 것이다.

그리고 다시 일어나리라. 넘치는 활력과 진취적 기상, 또 다른 중대한 힘을 갖춘, 새롭고 보다 굳센 인간이 되어. 그러면 나도 내 삶을 단단히 쌓아 올릴 수 있을 것이다.

내 삶이 다하는 그날까지.

그러나 시간은 흘러간다

빠르게.

그리고 사람은 보다 굳세지지 않는다.

시간은 잘도 흘러 어느새 6월을 맞이했고, 나는 여전히 집 안에 콕 박혀 지내고 있다(유감스럽게도 가끔은 먹을거리를 사러 억지로 나가야 했다. 음식을 먹어치워야만 하는 인간의 몸이란 참 한심하다. 소화 따위는 왜 하는 걸까). 그래도 대부분의 시간을 집 안에서 편안히 보낸다. 아무것도 하지 않고.

그러다 갑자기 귀찮은 일에 휘말리고 만다.

다시 밖으로, 일상 속으로 나가야 할 처지에 놓인다.

원해서가 아니다. 화창한 날씨에 친한 친구들과 공원으로 오순도순 놀러 가고 싶어서도 아니다. 장학재단에서 받는 학자금 대출이 이달로 끝나기 때문이다. 정확히 말하자면 6월 15일에.

속으로 욕설을 늘어놓는다. 개 같은, 염병할……. 전형적인 비속어들을 끊임없이 뇌까린다.

마지막 대출금을 받고 나면 앞으로 어떻게 할지, 솔직히 구체적인 계획이랄 건 없다. 단 한 가지 확실한 사실은 전 재산을 털어서라도 우유와 라면을 많이 사야 한다는 것. 오트밀이 조금 남아 있긴 한데, 다들 알다시피 오트밀은 우유를 넣어 먹는 음식이다. 참 성가시기도 하다.

우유와 라면을 사고 나서 돈을 구해야 할 것이다. 일단 식량이 필요하다. 텅 빈 속으로는 제 기운을 낼 수 없다. 그 어떤 대단한 사람일지라도. 그리고 그건 나 역시 마찬가지다.

6월 15일. 제법 배가 고픈 것 같기도 한데…

그러고 보니 오늘이 6월 15일 아니었나?

맞다. 활짝 웃음이 나온다. 오늘 중으로 대출금을 받을 테니 더 이상 굶주리지 않아도 된다.

내일을 떠올리니 기분이 좋다.

6월 16일

하지만 6월 16일이 되도록 돈이 들어오지 않는다.

이상하다.

가볍게 웃어넘기고 전화를 걸어보기로 한다.

짧은 통화를 위해 유감스럽게도 기나긴 시간을 기다린다.

드디어 벤야민이라는 직원과의 전화 연결에 성공한다.

"이번 달 돈이 안 들어와서요. 진상 부리려는 건 아니고요, 뭔가 착오가 있었나 본데요. 그래서 지금 제가 굉장히 곤란하거든요. 밥도 못 먹고 있어요."

그러자 퉁명스러운 대꾸가 돌아온다.

"학자금 대출은 10개월까지입니다. 고객님은 5월에 마지막 지급분을 받으셨네요."

돈이 온 세상을 지배한다

겨울잠은 명백히 끝났다. 예고 없이.

먹을 게 없다.

배가 고프다.

두 학기가 지나도록 학교 수업을 나 몰라라 했으니 이제 학자금 대출은 한 푼도 못 받을 거다.

선택의 여지가 없다.

밖으로 나가야 한다.

과연 그게 가능할까?

확신이 서지 않는다.

모름지기 외출을 하려면 말끔하게 단장해야 하는 법이다. 남들 보기에 부끄럽지 않을 정도는 돼야 한다.

토레와 깨지고 난 뒤 거울을 들여다본 적이 없다. 그게 벌써 몇 달 전. 사실은 하도 신경에 거슬려서 거울을 확 떼어내려고 했다. 그러나 유감스럽게도 벽에 단단히 고정되어 있는데다 집 안에 공구 같은 것도 없다. 그래서 평소에는 그쪽으로 시선이 가지 않도록 알아서 피해 다닌다. 하지만 지금은 일부러라도 거울 속 내 모습을 살펴봐야겠다는 생각이 든다.

뒷걸음질로 거울 앞까지 다가가 몸을 휙 돌린다.

이마에 주름살이 두 줄 패어 있다. 마지막으로 봤을 땐 없었는데.

주름이 지기 시작한다. 그럴 수도 있다. 깊지는 않지만 한눈에 들어온다.

억지로 눈 안에 담는다.

나는 늙어가고 있다.

곧 있으면 스무 살이 된다. 스무 살과 열아홉 살은 하늘과

땅 차이다.

주름살이 보이기 시작하는 나이.

나는 당연히 그 사실을 얌전하게 받아들인다. 바보가 아니
니까.

단지 밖으로 나가기에 내가 너무 못생겼을 뿐이다.

선택의 여지가 없다

다시 전화를 들 수밖에. 집으로 전화를 건다. 얼마나 눈앞이 깜깜한 상황이면 이렇게 집에 전화를 다 할까? 정작 두 분을 몰아내려 애썼던 내가.

우선 엄마부터 공략해보기로 한다.

"으응? 돈이라니? 알아서 잘 지낸다며?"

"그러게요?"

나는 의문을 잔뜩 담은 어조로 대답한다.

"다른 일들은 다 괜찮아요. 근데 경제적으로 각별히 잘 지낸다고 한 적은 없는데요."

"그럼 직장을 구해야지. 일도 좀 해보고."

"그 생각을 못 했네요."

그리고 정적이 흐른다.

"그래, 이제 됐지?"

한숨이 절로 난다.

"전 도저히 직장생활에 맞지 않아요, 엄마."

"아니, 그게 무슨 소리야? 당연히 할 수 있지. 여기는 노르웨이란다. 직장생활은 당연히 따라오는 거야. 대체 뭐가 문제니?"

"누구든지 받아주는 일자리가 없다는 게 문제죠."

"허튼소리."

엄마는 참 속도 없다.

풀이 죽어 한숨을 폭 내쉰다.

"조금만 도와주시면 안 돼요?"

나는 여기까지 나눈 대화가 무난하다고 여긴다. 아주 무난
하게 정곡을 찌르기 좋을 정도다. 엄마는 아직도 감이 안 잡
히는 모양이다. 사람들은 가끔 코앞에 답이 있는데도 알아차
리지 못한다.

"엄마는 지금 돈이 있잖아요. 아빠도 그렇고요."

"솔직히 있긴 있지."

굉장히 겁에 질린 목소리다.

"근데 우리가 언제까지고 널 돌봐줄 수는 없잖니? 응? 그
럴 순 없어."

"그래도요……. 사회적 관습이 그렇다는 건 저도 아는데
요. 그거 하나쯤 어기는 게 뭐 대수인가요?"

"아니야, 직장을 구해봐. 알았지? 그러면 될 거야."

"그래요, 제가 일자리를 구하게 될지 지켜보죠, 뭐. 어디
한번 보자고요. 결과는 끝까지 두고 봐야 하니까요."

"그럼그럼. 만약 못 구하면 집으로 돌아와서 지내. 알았
지?"

갑자기 직장생활이 그렇게 나쁘게만 들리진 않는다. 결국
그날 나는 잠을 설치고 만다.

아빠와 크누트.

욘.

엄마.

내 삶은 또 다른 답을 찾아야 한다.

가끔 사람은 대담해진다

그리고 다음 날, 나는 자욱한 안개를 헤치고 길 건너 리미 슈퍼로 향한다. 곧장 계산대로 가서 여직원을 보고 계산원 자리가 남아 있는지 묻는다.

여자가 날 이상하게 쳐다본다.

"잘 모르겠는데. 저쪽에 점장님이 계세요."

그러고서 '리미'라고 쓰인 스웨터를 입은 한 사내를 가리킨다.

"헤헤."

순간 내가 너무 못생기지 않았나 정신이 번뜩 든다.

"아니에요, 괜찮아요."

공손히 말하고 빠져나온다.

그리고 이런 생각을 한다. '젠장, 이제 어디서 라면을 사나!' 그러다 내겐 더 이상 라면 살 돈이 없다는 사실을 떠올린다.

그러자 조금 위안이 되는 것 같기도 하다. 그날 저녁 내내 의자에 기대앉아 가만히 숨만 내쉰다. 그러고 있다.

복지부에서 흔드는 사탕 봉지

사람은 살면서 몇 번 정도 무작정 도움을 요청하기도 한다.

나는 노동복지부 여직원에게 사람 좋은 미소를 지어 보인다. 그러자 사무실 의자에 앉은 여직원도 나처럼 예의 바른 미소로 화답한다. 조절 기능이 다양해 보이는 그 검은색 사무실 의자는 지금 내가 앉아 있는 의자보다 훨씬 더 편해 보인다.

"유감스럽지만, 제가 별로 내세울 만한 능력이 없거든요. 학교에 다닌 적이 있긴 한데요, 자격증 따놓은 게 없어요."

"그러세요."

여직원의 미소가 부자연스러워진다.

"학교도 하나의 자격증이니까요."

나는 머리를 뒤로 젖히고 담담하게 웃는다.

"유감스럽지만 저한테는 해당 안 되네요."

짧은 시간 동안 우리 사이에 벌써 꽤 커다란 신뢰가 형성된 것 같다. 그렇지 않아도 신뢰는 고객 접대 시에 꼭 필요한 부분이라고 할 수 있다.

"그럼 전문성이 필요 없는 직업을 찾아봅시다. 노인요양

사는 어떠세요?"

나는 다시 웃어 보인다. 이번에는 자연스럽지 않았다.

"유감스럽지만 신체 접촉은 좀 불편해서요. 사람들 돌보는 일은 빼주셨으면 좋겠는데요."

미소를 잃지 않던 여직원의 표정이 조금 굳어진 것 같기도 하다.

"그러시군요, 보조교사는 어떨까요?"

"흠."

관심을 가지고 생각해보는 척한다.

"그러니까 아이들과 일하는 것, 말씀이시죠? 아이들은 좀 다루기 어렵지 않나요?"

"그렇죠. 통신판매원은요?"

"전화 공포증이 있어요."

"네, 그것참…… 힘드시겠어요."

열심히 자판을 타닥타닥 두드리는 여직원. 그저 시간을 벌기 위한 행동 같다. 그러다 다시 희망에 차서 물어온다.

"식물이나 동물에 관련된 일은 어떠신가요?"

"네! 좋아요! 혼자 오래 일할 수 있겠네요, 그러면."

여직원이 미소를 조금 가라앉히고 다시 묻는다.

"직장을 구하시는 가장 큰 이유가 뭘까요?"

꽤나 친근한 목소리다.

"먹을 거요. 이해하실지 모르겠지만요. 돈은 그냥 약간이면 돼요."

"며칠만 기다려주세요. 조금 더 찾아보고 연락드릴게요."

"감사합니다."

나는 기분 좋게 대답하고 자리에서 일어선다. 몸에서 땀 냄새가 풍겨오는 바람에 양팔을 몸 쪽으로 바짝 붙이고 조심스럽게 움직인다. 펭귄처럼 보이겠지.

노동복지부의 연락을 기다리는 동안

보통 노동복지부로부터 연락을 받기 위해서는 누구나 인내심을 가지고 견디는 시간이 필요하다. 이는 신문들만 봐도 잘 알 수 있는 사실이다.

다만 땡전 한 푼 없는 빈털터리일 경우 그 기다리는 시간이 훨씬 지긋지긋하다.

그 시간을 때울 몇 가지 선택지가 있긴 하다. 길바닥으로 나가서 무언가 먹을거리를, 또는 고물상에 팔 만한 물건을 찾으면 된다. 만일 여기에 그다지 흥미가 없다면, 주변을 돌아다니며 빈 병을 주워도 된다. 쓰레기통이나 공원에서. 그것도 싫으면 당분간 부모님께 손을 벌릴 수도 있다.

나는 두 번째 선택지를 고르기로 한다. 그 누가 나를 손 하나 까딱 않는다며 손가락질하랴!

다행히 내겐 방한용 발라클라바눈과 입, 또는 얼굴의 일부만 뚫려 있는 방한 장비.·옮긴이가 하나 있다. 그것을 복면처럼 뒤집어써서 위장한 뒤 집을 나선다. 이는 어쩌면 내 빈곤을 그대로 받아들이지 못하는 소심한 마음에서 비롯된 행동일지도 모른다. 하지만 정말로 자신이 없다.

나는 신께서 허락하신 첫걸음을 내디디며 십자가로 향한다. 다시 말해 가장 가까이 있는 쓰레기 더미로.

슬쩍 그것을 내려다보니 초조해진다. 다 쓰고 버린 무연담배, 각종 오물들로 더러워진 박스, 애완견 배설물 봉지. 단 한 개의 빈 병도 눈에 띄지 않는다. 이리저리 살펴보다가 몇몇 사람들이 나를 이상하게 쳐다보는 것을 알아차린다.

그 때문에 지금 당장은 안을 뒤적거려보기는커녕 손조차 집어넣을 수 없다. 심지어 고무장갑도 갖고 있지 않다. 쓰레기를 버리는 척하며 차분한 미소와 함께 돌아본다. 어째선지 사람들은 여전히 나를 이상하게 쳐다본다. 그제서야 나는 내 복면에 생각이 미친다. 6월 중순에 이런 모자를 쓰고 다니는 모습은 확실히 범상치 않다. 사람들은 원래 범상치 않은 자들을 죽어라 바라보는 습성이 있다. 재빨리 복면을 벗고서 다시 미소 짓는다. 차분하게.

벤치에 앉아 있던 나이 든 아주머니가 자리에서 벌떡 일어나, 내 쪽으로 결코 고개를 돌리지 않고 가버린다.

그건 그렇고 이제야 이해가 된다. 쓰레기통에서 빈 병을 찾기란 결코 쉽지 않다. 그것은 하나의 예술이며, 전문 분야에 가깝다고 할 수 있다. 이대로는 가망이 없다.

"안녕하세요."

가까운 벤치에 누워 있던 노숙자들에게 다가간다.

"여기 잠깐 앉아도 될까요?"

그중 한 명이 천천히 고개를 들었다가 끄덕인다.

"이 세상은 우리 모두에게 열려 있지, 안 그러냐?"

"그렇다고들 하더라고요. 그런데 실은 제가 도움이 좀 필요해서요. 아저씨들, 노숙자 맞지요?"

"무슨 헛소리가 하고 싶은 거야?"

그러더니 정체불명의 액체를 벌컥벌컥 들이마신다.

"가끔 빈 병도 줍고 그러시겠네요?"

"으응, 그렇지…… 오랫동안 보조금을 못 받으면, 줍지."

한 아저씨가 어물어물 대답하자 다른 아저씨가 거든다.

"멍청한 짓거리가 하고 싶을 때만 주워, 나는. 거지같이 더럽잖아."

나는 빙그레 웃어 보인다.

"아, 정말요? 어떻게 하시는 거예요? 어떤 방법으로? 어떻게 해야 쓰레기 속에서 빈 병을 딱 찾아낼 수 있을까요?"

"빈 병으로 뭘 하려고?"

졸음이 가득한 목소리다.

"그 병 나부랭이는 너보다 나한테 더 필요한 것 같은데. 엉?"

"다 같이 나눠 가질 만큼 많잖아요."

살살 달래며 설득한다.

"웃기고 자빠졌네."

나이 든 아저씨가 내 팔을 툭 쳐낸다. 아프지도 않고 그냥 간지럽기만 한 걸 보니 생각보다 제대로 힘이 들어가지 않은 모양이다.

"병은 건드리지도 말고 썩 꺼져."

나는 느릿느릿 일어나 잠시 성난 황소처럼 씩씩대며 노숙자들을 쩨려본다. 백 퍼센트 내 의지를 반영해서. 그러다 복면을 다시 뒤집어쓰고 자리를 뜬다. 명백히 내 실수다. 명백히 그러하다. 그러니까 나처럼 어리고 힘없는 여자애로서는 아무것도 할 수가 없다. 살면서 원하는 바를 그 무엇도 이룰수 없는 거다(오직 평균 이상으로 예쁜 여자애들만 그러는게 가능하다).

그래서 주는 대로 받는다

집으로 돌아와 다시 의자에 털썩 주저앉는다. 흘러내린 바지를 추어올릴 겨를도 없이(문자 그대로는 아니고, 말이 그렇다는 거다). 가지 말았어야 할 곳이었다. 참으로 지랄 맞은, 거지 같은 곳이었다. 속으로 호탕하게 너털웃음을 터뜨린다.

내겐 그다지 많은 선택지가 남아 있지 않기에 이제부터 최대한 적게 움직이기로 결심한다. 안락의자에 숨죽이고 앉아 단 1칼로리도 소모하지 않을 것이다. 가만히 앉아 있기만 하면 몸에 많은 에너지가 필요할 리 없다(요동치는 굶주림을 더 이상 참을 수 없을 경우 그냥 물을 넣어 오트밀을 만들 예정이다. 꼭 쇳조각을 씹는 기분이겠지만 살아남기 위해서는 어쩔 수 없다).

다음 날, 한 번도 정신을 잃지 않고 온종일 앉아 있던 내게 마침내 노동복지부 여직원으로부터 전화가 걸려온다. 3년쯤 원치 않는 레게 머리를 하고 무인도에 갇혀 있다가 구조된 심정이다. 변변한 먹을거리도 없이. 미용실 갈 돈은 더더욱 없다.

나는 노동복지부 사무실로 서둘러 들어가 이른바 긍정적

인 자세를 갖춘다. 새로 빤 옷을 입고 입가에 미소를 띤다. 전투 준비 완료, 라고 할 수 있겠다.

"제가 뭘 준비했는지 궁금하시죠?"

"글쎄요……."

무슨 대답을 해야 할지 몰라 머뭇거리다가 그냥 활짝 웃어 보인다.

"좋아요, 어디 봅시다. 환경미화원은 어때요?"

"아, 죄송한데 제가 그런 실무적인 분야에는 아무런 능력이 없어서요, 이해하실지 모르겠지만요."

여직원 앞으로 양손을 쓱 내밀어 보이며 내 말을 제대로 알아듣도록 돕는다.

"저는 그런 실무주의자가 아니거든요."

"그러시구나."

양 볼이 조금 달아오른 여직원이 말을 잇는다.

"계속합시다. 새로 개장하는 근교 농원을 찾았답니다. 여기도 괜찮아 보이거든요."

"헤헤, 제 손을 보면 아시겠지만 그런 일에는 미숙한 걸넘어서 아예 까막눈이라서요, 이해하실지 모르겠지만요."

여직원이 한숨을 푹 토하고 컴퓨터 화면을 응시한다. 일부러 요란하게 숨쉬는 것 같다.

"봅시다, 이게 마지막 남은 겁니다. 이번에야말로 확실히 감이 오네요. 지금 딱 제 손가락이 가리키고 있는 여기요. 바로, 릴레스트룀 변두리 간이식당!"

"글쎄요, 손님들 상대하는 거잖아요, 저는 그게……."

그 순간 책상 위로 냅다 몸을 숙인 여직원 때문에 도중에 말이 끊긴다.

"제가 여기 방문한 적 있는데 손님이 단 한 명도 없는 곳이랍니다. 장사가 되긴 되는지 모르겠지만 어쨌든 영업 중이고요, 그야말로 안성맞춤입니다."

"그렇군요, 동료 직원들은요?"

"사장님 한 분만 계시는데 식당 운영에 그다지 열성적이진 않으세요."

해볼까?

거울을 들여다본다.

"정말, 간이식당 종업원이 따로 없네."

당장은 맞는 말이라고 할 수 없다. 노동복지부가 나를 속였기 때문이다. 소위 말하는 복지국가의 행정기관이란 역시 믿을 게 못 된다. 은쟁반에 먹음직스레 담겨 나온 일자리를 바로 받아먹을 수 있는 게 아니었다. 진작 눈치챘어야 했는데. 나는 망할 면접시험을 봐야 했다. 눈앞의 사탕은 아직 내 것이 아니었다.

그리하여 나는 면접시험을 보러 떠난다. 물론 면접이 잘 풀릴 거라고는 기대도 안 한다. 걸리는 게 좀 있다.

간이식당은 들었던 대로 꽤나 변두리에 위치한 탓에 찾아가기가 쉽지 않다. 그러나 이런 일은 여러 번 겪어왔기에 익숙하다. 작년 여름, 치과에 가기로 한 날이었다. 어쩌다 보니 치과 방문으로 이어지지 않았다. 그날 내내 모든 전철이 멈춰 있었다. 생전 처음 겪는 일이었다.

그런데 빌어먹을 전철이 오늘은 멀쩡하다. 우렁차게 역 안으로 돌진한다. 나는 그 빌어먹을 낡은 전철에서 내려 머뭇거리다가, 제대로 찾아가기가 절대 불가능해 보이는 그 특이한 장소를 떠올리고 조금 안심한다. 그러나 내가 몸을 휙 돌리는 순간, 마침 거기에 망할 간이식당이 떡 하니 있는 거다. 재수 옴 붙은 날이다.

밖에서 우물쭈물 서성이며 안으로 들어가야 할지 망설인다. 그러다 곧 한번 해보자는 생각이 든다. 해보자. 출세를 향한 첫걸음이다. 이것도 걸음은 걸음이다. 일하면서 배불리 먹고 오트밀 더미가 아닌 돈 더미에 오르기 위한 완벽한 걸음. 내가 원하는 것이라면 전부 손에 넣을 수 있을 거다. 막상 떠올리려니 생각나는 건 없지만.

행복한 상상의 나래를 펼치고 있던 그때, 식당에서 한 남자가 걸어 나온다.

헤헤. 훤칠하게 잘생기고 서른 정도 돼 보인다. 멋있게 차려입고 거만한 표정을 짓고 있다. 자기가 평균 이상으로 잘생겼다고 자신하는 모양이다.

"오늘 면접 보러 오신 분인가요?"

남자가 잿빛 식당 건물 앞 주차장에 서 있는 나를 소리쳐 부른다.

"아."

멍하니 서 있던 모습을 들킨 것 같아 서둘러 남자를 향해 다가가 공손한 자세를 취한다.

"네, 맞아요. 엄청나게 멋진 곳이네요. 여기 서서 감탄하고 있느라 그만……."

남자가 나를 빤히 바라보더니 어이가 없다는 듯 눈을 휙 홉뜬다.

"그냥 일반적인 간이식당인데요."

그러더니 식당 안으로 쑥 들어가버린다. 아마 따라오라는 뜻인가 보다.

"자, 앉아요."

남자가 의자들을 가리킨다. 간이식당에서 흔히 쓰는 갈색 가죽 의자들.

"어느 의자요?"

남자는 내 질문에 나를 멍청한 사람 보듯 하더니 대꾸 없이 먼저 자리에 앉는다. 이 집, 아니, 이 식당에서는 누구에게나 선택의 자유가 있나 보다.

"자, 그럼."

남자는 벌써 지루해하는 기색이다.

"당신은 누굽니까?"

"제가 누구냐고요?"

나는 그만 웃음을 터뜨리고 남자를 살피며 진심으로 한 말인지 눈치를 본다. 뭐라고 대답해야 할지 모르겠지만 일단 입을 연다.

"저는 일단 여자애고요, 유쾌한 사람입니다. 굉장히 유쾌한 사람이에요. 지원서에도 그렇게 썼던 걸로 기억하는데요."

"그랬죠."

남자는 나를 보고 모순에 빠진 것 같다. 모순이 깃든 눈빛을 하고 있다.

"지원서에 그렇게 써 있었죠."

"또 다른 걸 말씀드리자면, 고등학교를 졸업했고요. 네."

슬쩍 웃고는 정중하게 덧붙인다.

"말씀드릴 게 너무 많아서 어디서부터 시작해야 할지 모르겠네요."

하얗기는커녕 투명한 거짓말이다. 할 얘기가 진짜로 아무것도 없다.

"됐고요."

남자가 하품을 한다.

"여기서 일하고 싶은 이유는 뭔가요?"

"아."

나는 진지한 마음가짐을 표현하려고 남자 쪽으로 몸을 숙인다.

"저는 간이식당을 참 좋아해요. 휴가의 절정을 상징하니까요. 늘 그랬죠. 언제나…… 북새통이라고 할까, 이해하실지 모르겠지만요."

"좀 둘러보세요. 여기 사람이 어디 있어요? 북새통?"

다시 웃어 보이고 공손히 대답한다.

"없죠. 여기는 물론 조용하죠. 무덤처럼요."

내 재치 있는 비유를 남자가 알아들었을까 의식하며 살짝 눈을 찡긋한다.

"전 그래서 오히려 더 마음에 들어요."

"그래요."

남자가 눈썹을 추켜올린다.

"다른 일 하고 있는 게 있나요?"

나는 여기서 필살기를 준비한다. 질문의 의도를 똑바로 간파했기 때문이다. 이 질문에는 함정이 있다. 나는 이른바 서비스업에 대한 글을 읽은 적이 있다. 이 업계 사람들은 한눈팔지 않고 제대로 일하려는 사람을 원한다. 서비스업에 제한 몸 불태울 사람을 찾는 것이다. 따라서 나는 질문의 정답을 알고 있다.

"다른 하는 일은 없고요. 이 일이 제 본업이 될 겁니다. 언제라도 달려올 수 있습니다."

"그렇군요, 학교 공부엔 더 이상 흥미 없고요?"

"이 일에 흥미가 있습니다."

똑 부러지게 대답한다.

"아아, 그래요."

남자가 한숨을 쉰다.

"어찌 됐든. 내일부터 출근하세요."

나는 돌아오는 길 내내 뜨겁게 환호한다(은행에 들르진 않는다. 아쉽지만 면접 본 날부터 첫 급여를 주진 않으므로 여전히 텅 비어 있을 것이다). 물론 면접 당시에는 얌전히 인사만 한 뒤 천천히 뒷걸음질쳐서 문으로 향했다. 이름도 모르는 그 남자에게 열렬히 손을 흔들면서. '내일 뵙겠습니다.' 같은 말을 하고 나온 것 같다.

기쁨과 즐거움

삶의 공이 별안간 믿을 수 없이 빠르게 굴러간다. 아직 어느 방향으로 갈지는 단언할 수 없다. 간이식당에서 일하는 게 올바른 방향인지 잘못된 방향인지 모르겠다.

어쨌든 엄마에게 전화를 건다.

"안심하세요. 저 이제 넉넉해요. 직장을 구했으니 그렇겠죠?"

또 한 차례 환호가 이어진다. 부모에게 있어서 최고의 순간은 바로 짐받이를 놓아버리는 때일 것이다. 부모들은 아이가 처음으로 자전거를 타는 날 뒤에 서서 붙잡아주었던, 그 짐받이로부터 진정으로 벗어나고 싶어 한다.

정작 자전거 위의 아이는 별로 기쁘지 않다.

아침에 눈을 떠 오늘이 첫 출근 날임을 자각할 때는 특히 더.

물론 나가지 않을 수도 있다. 거울 앞에 서서 그런 생각을 한다. 더 이상 넉넉한 기분이 들지 않는다. 오히려 쪼들리는 기분이다. 나는 의지력이 약한 사람이다. 의지박약이다.

보통은 두세 시간 전에 출근 준비를 마치겠지만, 사실 몇 시까지 출근해야 하는지 모른다. 물어보지 않았기 때문이다.

그렇다면 식당 문을 열기 전까지 가면 되겠지. 어쩔 수 없다. 하지만 유감스럽게도 개점 시간에 딱 맞춰 도착하고 만다. 사람 심리라는 게 조금 늑장을 부리게 되는 경향이 있지 않나.

사장이 나를 보고 묻는다.

"대체 뭘 하다 이제 오고 난리예요?"

개점 시간 전에 와야 하는지 몰랐다. 사실대로 말해보지만 가차 없이 꾸중이 돌아온다.

"모르면 전화를 했어야죠."

문득 내 얼굴이 지나치게 경직됐다는 느낌이 든다. 특히 웃음 근육이. 딱딱하게 굳어 있다.

"멋대로 추측하지 말고 전화를 했어야죠."

어물어물 반벙어리가 된다. 지금 나는 누가 봐도 흠잡을 데 없는 차림새라 믿어 의심치 않는다. 결코 괴상망측하지 않다. 그러니까 사장이 내 복장 때문에 화가 난 건 아니다.

"그럼 오늘부터 사장님께 교육 받으면 되는 거죠?"

교육이라, 라는 사장 목소리가 들린 것 같다. 아니, 그냥 내 착각인가. 사장은 허, 참, 하고 그냥 코웃음만 날린다.

"그런 건 본인이 알아서 하시고."

나는 살짝 윙크하며 대답한다.

"알겠습니다, 보스. 물론이죠."

"나 원……"

사장이 눈을 한 번 휙 치뜬다.

그러고는 가버린다.

나는 그 자리에 덩그러니 혼자 남겨진다.

계산대로 보이는 곳 옆에서 슬슬 무언가 준비를 해본다. 거기에 계산기라고 짐작되는 물건이 놓여 있다.

깐깐한 사장을 보니 첫날부터 고생문이 열린 것 같다.

하지만 과연 그게 꼭 잘못된 걸까?

사장이 나와 대화하기 싫어한다! 여기 새 직장에서 함께 일할 유일한 사람이 수다(또는 고문이라고 할 수 있겠다)에 별 취미가 없다!

On my own~ 나는 속으로 즐겁게 노래한다. 그러고 보니 왜 제목에 '혼자'가 들어가는 노래들은 대부분 슬픈 걸까? 이상하다. 개뿔도 공감이 안 된다.

행복한 시간은 영원하지 않다

출근 둘째 날, 식당 문이 벌컥 열린다. 밖에서. 내가 연 게 아니다. 그랬다면 아무렇지도 않았을 거다.

웬 사내가 내 앞으로 다가와 서기까지 망할 5초도 채 걸리지 않는다(사람들은 누군가 자신을 피한다고 느끼면 더 빠르게 움직이는 경향이 있다. 심리적인 현상 중 하나다. 겁에 질린 낌새를 본능이 눈치채는 거다).

"으음."

남자가 나를 불만스러운 눈길로 쳐다본다.

"여기 비프스테이크 있죠?"

"헤헤, 그게요, 뭐가 있고 뭐가 없는지 정확히 말씀드리기가 어렵거든요. 메뉴를 좀 보시겠어요?"

"그놈의 메뉴가 어디 있는데요?"

남자는 배가 고파서 눈이 뒤집어진 것 같다.

"물어보셨으니 대답해드리는 게 인지상정인데. 저노 잘 몰라서요. 위, 아래, 왼쪽, 여기저기 찾아보세요!"

그러나 남자는 나만 뚫어져라 들여다본다.

"저는 보지 마시고요!"

배시시 웃음을 지어 보인다(아주 진짜도, 아주 가짜도 아
닌 작은 웃음이다).

"헤헤, 저는 메뉴가 아니니까요!"

남자는 여전히 내게서 시선을 뗄 줄 모른다.

"뭘 좀 먹고 싶은데, 여기서 뭘 시킬 수나 있을지 모르겠
네요."

"네, 그건 저도 모르겠네요."

그러자 남자는 미련 없이 나가버린다.

다행히도 더 이상 손님이 오지 않는다. 대부분의 비즈니스
에 있어서 언제나 손님들은 어려운 역경이다. 하나의 난제인
것이다. 반면 손님 입장에서는 별로 신경 쓸 일이 없다('오,
웬 가게야? 한번 들어가볼까?' 이런 식이다. 이게 다 자본주
의 때문이다. 사람들은 영원히 가지고 또 가져야만 하는 것
이다).

자동차는 달리지 못할 때까지 달린다

지금 여기 스스로 혁신적인 사업에 동참하고 있다고 믿는 한 사람이 있다. 고객 유치를 통한 돈벌이가 아닌, 순수하게 외관 그 자체에만 기반을 둔 사업이다. 간이식당을 상징하는 건물 하나가 스쳐 지나가는 운전자들로 하여금 좀 더 그럴싸한 분위기를 느끼게 해줌으로써 그 존재의 의의를 갖는 동시에 제 역할을 다하는 것이다.

그리고 곧 감쪽같이 속았다는 걸 깨닫는다.

나는 무사히 근무할 수 있도록 나흘 내내 간이식당 문을 안에서 걸어 잠그고 식탁에 앉아 책을 읽고 있다.

나는 혼자다. 혼자서 이 평화로운 순간을 즐긴다.

그러나 이내 사장이 등장한다. 잔뜩 성난 표정이다. 못 알아볼 뻔했다. 사장이 온몸으로 불편한 기운을 내뿜는다.

"그러니까, 지금 몰라서 가게를 이딴 식으로 보는 거야?"

못마땅한 기색이다.

"글쎄요, 뭐라고 말씀드려야 할지⋯⋯."

"그동안 손님은 몇 명이나 왔어?"

"한 두셋, 넷, 다섯 명이요."

"그럼, 그 사람들이 뭘 사 갔지?"

나는 멜로드라마의 한 장면처럼 아련하게 한숨을 쉬고 책으로 시선을 떨어뜨린다. 다시 올려다보지 않으면 큰일 날 것 같을 때까지.

"안타깝지만 아무것도 드리지 못했어요. 보여드릴 메뉴가 없었거든요."

내 대답은 흥분한 사장에게 브레이크를 걸지 못한다. 존재하지 않는 메뉴 탓에 사장은 엑셀을 밟고 더 빠르게 달린다. 사장이 쓰는 표현들을 인용하자면 그렇다.

사장은 사실 '본업'이 따로 있다. 밤 문화와 관련된 일뿐만 아니라 어느 언론 기관에도 몸담고 있다고 한다. 그래서인지 사장은 확실히 은유에 재능을 보인다. 영향력 있는 잡지에 글을 쓴다고 한다. 그러므로 지하 서재에 있으며 따로 할 일이 많기에 나를 도와 식당을 돌볼 여유가 없단다. 영향력 있는 기사들을 실어야 하기에.

나는 내가 그리고 있던 혁신적인 사업에 대해 차마 입도 뻥끗 못 한다.

그저 영향력 있는 기사를 쓰는 일은 굉장히 대단한 활동이라고 거든다. 달리 할 말이 없다.

메뉴

그리하여 출근 다섯째 날, 나는 간단하게 메뉴를 하나 만들기로 결심한다. 냉장실을 확인해보니 쇠고기 패티뿐 아니라 새우도 들어 있다. 상하진 않은 것 같다.

종이 한 장에 '쇠고기 샌드위치', '새우 샌드위치'라고 적어 계산대 위에 놓아둔다. 각각 50크로네라고 덧붙여 쓰고 나니 꽤 그럴듯하다.

자리에 앉아 잠시 시간을 보낸다. 이것으로 오늘 할 일 끝.

그때 당연하게도 밖에서 문이 열린다. 얼굴이 불그스레한 남자가 문지방을 넘어온다.

"어휴, 배고파. 뭐 먹을 거 있어요?"

나는 손가락으로 메뉴를 가리키고 입을 꼭 다문다.

"아아, 별거 없네."

"네, 마음껏 고르셔도 돼요."

남자는 그대로 서서 나를 몇 초간 똑바로 주시하다가 마침내 메뉴를 정한다. 사람들은 남을 참 불편하게 만드는 재주가 있다.

아무튼 남자가 신중하게 선택한 메뉴는 쇠고기 샌드위치.

그러고 보니 식당에 있는 전자레인지를 써본 기억이 없다.

"헤헤."

누구라도 천차만별인 전자레인지 사용법을 이해하기란 불가능하다. 따라서 이 전자레인지에 섣불리 손댈 수 없다.

"그리고 커피 한 잔."

내가 심한 내적 갈등을 겪고 있는데 남자가 불쑥 주문을 추가한다.

"네, 커피요. 물 올려야겠네요."

"아직 물도 안 올렸어요?"

남자는 조금 불안한 기색이다.

"네, 지금 하려고요. 여기 어딘가 커피메이커가 있을 거예요."

죄송한 마음을 담아 살짝 웃어 보인다.

남자는 어처구니가 없다는 듯 눈을 휙 치켜뜨고 자리로 가서 앉는다. 무척 예의 바른 행동이 아닐 수 없다. 바쁘게 처리해야 할 일이 생겨 더 이상 남자를 상대해줄 틈이 없었기 때문이다.

서둘러 주변을 돌아보며 커피메이커를 찾는다. 그러다 계산기 옆에 한 대 놓여 있는 것을 발견한다. 굉장히 커다랗고 복잡해 보이는 커피메이커.

이제 커피를 찾아야 한다. 대형 커피메이커를 보고 도진 기계 공포증을 극복하기 위해 잠시 마음의 안정을 취한 뒤 커피를 찾는다.

하지만 커피가 없다. 동시에 창가 식탁에 앉은 남자가 평정을 잃어간다. 얼굴도 더 불그스름해진 것 같다. 시간을 좀 벌기 위해 일단 접시 위에 쇠고기 패티를 올려둔다.

남자가 혹시 가버렸는지 보려고 창가 쪽으로 힐끔 곁눈질을 한다. 그러나 그건 그저 내 바람일 뿐. 남자는 여전히 자리에 엉덩이를 딱 붙이고 앉아 있다.

"헤헤, 죄송하지만 커피는 안 되겠는데요."

남자는 나를 쳐다보지도 않는다.

나는 결국 이 말을 꺼낸다.

"여기서 조금 위로 가시다 보면 주유소 편의점이 하나 있거든요."

전에 얼마나 많은 손님이 올 수 있는지 조사하려고 지도를 보며 확인한 적이 있다.

"아직 계산 전이니까요, 대신 거기로 가서도 돼요."

천만다행으로 남자가 내 조언을 받아들인다. 자리에서 일어나 겉옷을 걸친다.

"여긴 무슨 보호 작업장인가 보죠?"

남자가 남기고 간 그 말은 예상치 못한 비수가 된다. 그리고 내게 날아온다. 보호 작업장, 이란다. 나를 지적장애인이라고 여기기라도 한 듯이.

가끔 사람들은 상처주는 말을 함부로 내뱉지 못해 안달이다. 왜? 도저히 이해가 안 된다. 이렇게 쏘아주고 싶다. '속에 무슨 악만 한가득인가 보죠?'

더는 예기치 못한 일들이 일어나게 둘 수 없다

나는 슬프다. 좋은 말로 말하자면.

지금까지 매일 예기치 못한 일들이 벌어졌다. 나는 그 안에서 어쩔 줄 몰라 발만 동동 굴렀다.

나는 텅텅 비어 있던 모든 구멍들을 빽빽이 채우기로 결심한다. 그 구멍들을 각종 정보로 채울 셈이다.

커피메이커를 찾는다. 커피도 찾는다.

커피 만드는 법을 익힌다. 전자레인지 사용법을 터득한다.

이 작업들을 한 번에 처리할 수 있도록 연마한다. 이제 손님만 오면 된다.

그리고 월요일, 미리 짜기라도 한 듯이 문이 열리고 누가 봐도 손님으로 보이는 한 사람이 들어온다. 오십 줄은 된 남자다. 대형 화물차 운전자 같기도 하다.

다른 길로 새지 않고 목표물을 향해 똑바로 걸어온다.

하얀 민소매 셔츠를 입고 있다. 팔은 약간 통통하다.

남자가 헛기침을 하더니 곧 계산대로 다가온다. 나는 현재 이 상황을 충분히 감당할 준비가 돼 있다.

괜찮을 거다, 습관처럼 되뇐다. 나는 괜찮다.

"차요. 차 한 잔 주세요."

"……차요?"

"네. 차 한 잔."

남자가 코를 조금 긁적긁적한다.

나는 약 3초간 눈을 꾹 감는다. 모든 걸 통제할 수 있다 자신했는데, 뜻밖의 사건은 언제나 발생하고 만다. 그 불변의 법칙은 어김없이 맞아떨어진다.

나는 차가 어디에 있는지 전혀 아는 바가 없다. 여기서 차를 본 기억이 없다.

"여기 손님들은 보통 차를 안 드시거든요."

마음을 가다듬으며 입을 연다.

"그렇군요."

남자가 이번에는 오른팔을 벅벅 긁적인다.

"그거 유감이네요. 그런데 저는 오늘따라 차가 마시고 싶은데요."

진심으로 울고 싶어진다.

내가 고작 작은 시련 하나 극복하지 못해 이러는 게 아니다. 살면서 겪는 시련을 극복해내지 않으면 앞으로 나아갈 수 없다.

나는 다만 준비되지 않은 시련을 견디지 못하는 것이라 말하고 싶다. 그 예로, 어렸을 때 처음으로 애완동물을 기른 적이 있었다. '팀모'라는 이름의 기니피그였다.

나는 팀모의 죽음을 견디지 못했다. 며칠 내내 침대 위에 누워만 있었다. 아무도 죽음에 대처하는 방법을 가르쳐주지 않았다. 그 뒤에 새로운 애완 고양이 미케가 죽었을 때 나는 눈물 한 방울 흘리지 않았다.

내가 유별나게 매정한 아이라 그런 게 아니다. 받아들일 준비가 돼 있었기 때문이다.

물론 미케가 살아 있을 때에도 나는 미케를 마치 걸어 다니는 시체 보듯 대하긴 했다. 같이 보낸 시간도 길지 않았다. 1년 3개월.

반면 나는 내가 일하는 간이식당에서 누군가 차를 달라고 할 줄은 꿈에도 생각 못 했다.

절망에 휩싸여 손에다 얼굴을 푹 파묻는다.

"곤란하신가요? 그럼 커피도 괜찮아요."

그 말에 숙였던 고개를 든다. 남자를 보니 전혀 불쾌한 기색이 없다. 즐거워 보인다.

나는 이 남자의 얼굴을 마음속 깊이 새겨둔다. 또 다른 역경의 순간에 꺼내 보기 위해서.

"당신 같은 사람을 만나기란 정말 하늘의 별 따기예요."

눈물을 그렁그렁 달고 고백한다.

컵에다 커피를 조금 따라 건넨 뒤 돈을 지불하려는 남자를 극구 만류한다. 그 돈을 원래 있던 장소에 다시 집어넣으라며 한사코 사양한다.

"여기가 집이다 생각하시고 드세요."

위, 아래, 위, 아래

그리고 지금 나는 간이식당 계산대 뒤에 서 있다. 아직 따스함을 지닌 사람들이 존재한다는 사실에 감격하면서.

행복하다. 마치 사랑에 빠진 것만 같다. 그보다 더 기쁘다.

사람들은 당연히 중립적인 태도를 취하겠지. 그저 선하기만 한 사람들도 있다는 것에 대해 말이다.

나는 여기에 충분히 만족한다. 환한 미소가 배어 나온다. 곰곰 생각한다. 세상은 위, 아래, 그리고 또다시 위, 아래로 고동친다. 그럼에도 겨우 한 번의 반등에 절로 긍정적인 마음이 드는 것이다.

이 긍정적인 사고방식은 언젠가 다시 저 아래로 떨어지는 순간까지 단단히 버틸 수 있는 원동력이 된다.

다들 그렇게 살아간다.

순간, 누군가 문을 확 열고 들어오는 바람에 내 행복한 사색은 그만 끝이 난다.

놀랍지도 않다. 힝상 이런 식이다. 또다시 위급한 상황이 닥쳐오지 않도록 나는 만반의 준비를 한다.

그런데 이번 손님은 꽤 젊다. 내 또래로 보인다.

여성이다. 말하자면.

길고 어두운 색의, 조금 구불거리는 머리를 하고 있다. 자연 곱슬인 것 같다.

짙은 눈썹. 마찬가지로 짙은 속눈썹. 조금 창백하리만큼 흰 피부가 어두운 갈색 머리와 선명한 대비를 이룬다.

무슨 말이 더 필요할까. 이국적인 아름다움이 작렬한다. 그리고 어리다.

"헤헤. 잘못 찾아오셨나 봐요. 여긴 카페라테나 카페모카 같은 거 없거든요."

바로 그때, 지하 서재에 있던 사장이 폭풍과 같은 기세로 돌진해 온다. 그 와중에 발을 헛디뎌 넘어지지 않도록 신경 쓴다. 부드럽게 말하자면.

"미안해요, 밑에 있느라고. 면접 보러 와줘서 고마워요."

그다지 즐거운 하루가 되지 않을 것 같다.

나는 당연히 끼어들고 싶다

저 여자가 대체 무슨 일을 하려고 여기까지 온 걸까. 궁금하다. 그들 사이로 끼어들고 싶어 온몸이 근질거린다.

나는 이렇게 절규한다. '날 자를 생각이냐! 이 무뢰한 같은 놈아(사실 나는 이 '무뢰한'이라는 단어가 무슨 뜻인지 전혀 모른다. 어쨌든 좋은 의미는 아닐 테니 나쁜 뜻으로 기꺼이 사용하겠다)!'

아니면 저 여자한테 울부짖을 수도 있겠다. '내 직장을 뺏으러 왔냐! 이 망할 년아! 그래서 내 돈이랑 내 미래까지 전부 가로채려고? 이 망할 년아???!!', '그럴 생각이냐? 망할 년아???' 이런 식으로.

하지만 그럴 경우 최악의 결과를 불러올 게 불 보듯 뻔하므로 그만 포기한다. 그리고 컵 몇 잔에 커피를 따른다.

그중 한 잔에 커피가 한 줄 흘러내리도록 내버려둔다.

저 어린 여자에게 조그맣게 분풀이를 하기 위해서. 이러면 분명 손에 커피가 묻어 불쾌하겠지.

살다 보면 자주 입을 닥치게 된다

오히려 그 편을 더 선호한다. 더 만족스럽다.

오해는 말길. 사람이 말을 하지 않고 살 수는 없다. 불필요한 말은 안 하느니만 못 하다 해도 말이다. 최대한 오래 진심을 말하지 않는 것이 보통 좋은 결말을 불러오곤 한다.

그래서 사장이 엄청 어린 여자와 함께 앉아 면접을 보는 동안 나도 가만히 의자에 앉아 있는다. 계산대 뒤에서. 이러면 커다란 커피메이커에 가려져 내가 무엇을 하는지 보이지 않을 거다.

나는 전혀 귀 기울이지 않는 척한다.

실은 귀를 쫑긋 세우고 있다. 단어 하나하나를 경청한다. 낮말은 새가 듣고 밤말은 쥐가 듣는다고 했던가.

"모델로 일한 적이 있군요."

무언가 소리를 내서 내 심기를 표출할 수도 있을 거다. 물론 소리를 죽이고 그럴 수도 있다. 매너 있게. 모델이라! 대체 이 혁신적인 사업에 동참해서 뭘 하겠다는 건지, 이력서는 왜 내고 난리인지, 곰곰 생각해본다.

"네, 고등학교 다니는 내내 했습니다."

"더 이상은 안 하고요?"

사장이 묻는다. 친절한 목소리로. 정말로 엄청나게 친절한 목소리다.

메스꺼워지기 직전이다.

"지금도 여기저기서 하고 있어요."

굉장히 여성스러운 목소리다. 좀 크다 싶기도 하다. 목소리를 크게 내는 데 전혀 거리낌이 없어 보인다. 말하자면.

"학업과 병행하고 있답니다. 따로 시간제 근무를 하는 것보다 여러 가지 여가 활동을 하기에도 훨씬 편하고요."

나는 사장이 분수를 알라고 여자를 단단히 혼쭐내주기를 고대한다. 겉만 번지르르하고 쓸모없는 모델 따위, 노동 시장에서 살아남을 수 없을 거라든가 하는 말로 상처를 주기를.

"현명한 생각이네요."

사장이 열렬히 눈을 빛내며 말한다.

"요즘 사람들은 서비스직으로 일하면서 그 아까운 시간을 함부로 내다 버리고 있다니까요. 어디 경력이라고 써먹을 데도 없는 하찮은 일을 가지고."

쓰라린 속을 부여잡는다. 사장의 표현은 지금 내 상황을 정확히 대변하고 있다. 저 여자는 취업에 성공할 것이다. 의심할 여지가 없다. 단지 어떤 일을 담당할 것인가 하는 의문만 있을 뿐. 감이 안 잡힌다.

"단도직입적으로 말해서……"

사장은 만족스러운 기색이다.

"함께 일하고 싶네요. 솔직히 말할게요. 당신 같은 파격적인 목소리가 필요해요."

여자가 미소 짓는다. 분명 만족에 겨운 웃음소리가 내 귀에 와서 박힌다.

바로 이 시점에서 나는 계산대 뒤로 벌러덩 누워버린다.

갑작스럽게 피로가 온몸을 덮쳐온다.

그런데 드러눕자마자 사장이 나를 소리쳐 부른다.

"잠깐 여기 와서 앉지?"

"됐어요!" 하고 빽 소리치고 계속 누워 있는다

갈색 머리가 조금 당황했는지 어색하게 웃는다.

사장이 뭐라 중얼거린다.

"나중에 뭔 변명을 하려고, 저 답답이가."

그러고 나서 다시 소리친다.

"당장 이리 와서 앉아!"

더 이상 반항하지 못하고 꾸물꾸물 바닥에서 몸을 일으킨다. 기력 없는 시체처럼 기괴하다. 꼭 만성 피로 증후군을 앓기 시작한 사람 같다. 뻣뻣하게 굳은 몸을 덜그럭거리면서 사장과 파격적인 목소리가 함께 앉아 있는 곳으로 향한다. 그리고 그 맞은편에, 간이식당에서 흔히 볼 수 있는 의자에 앉는다.

"방금 바닥에 누워 있었지?"

사장이 나를 이상하게 쳐다본다.

"아니요, 그럴 리가요."

"뭐, 됐고, 앞으로 이곳에 큰 변화가 생길 거야."

"네? 무슨 말씀이신지."

"긴장 좀 풀어, 아직은 안 자를 테니까."

그러자 갈색 머리가 연극배우처럼 쾌활하게 웃는다. 그러고는 나를 보며 안쓰럽게 미소 짓는다.

"이쪽은 잉가 씨라고 하고."

"아, 네."

"인사드려야지."

사장이 못마땅한 얼굴로 내게 이른다.

나는 한 손을 내밀어 잉가의 손을 마주 잡는다. 핸드크림을 쓰는 게 틀림없다. 피부가 아기 엉덩이마냥 부드럽다. 많이 만져 봐서 아는 건 아니고 어디선가 그렇다고 들은 적이 있다.

"그래서 일러두는데……"

열심히 고개를 끄덕이며 집중하는 척한다. 흡사 사장의 말에 귀 기울이고 있는 것처럼.

"앞으로 이 식당은 일종의 글쓰기 연수원으로 새단장을 할 거야. 나와 잉가 씨는 여기서 무료 잡지를 발행할 거고. 같이 아래층 사무실에서 일할 거야. 그러니까 요지는, 이제부터 우리는 이곳을 함께 운영한다. 이제 잉가 씨의 말도 잘 듣도록 해!"

잉가는 사무실 얘기가 나오자 만면에 미소를 머금고 박수를 친다. 어두침침한 지하 사무실이 그동안 꿈꿔온 일터인가 보다.

그건 그렇고, 나는 사실 사장 말을 제대로 이해한 건지 긴가민가하다.

"네, 잘 들을게요."

곰곰 생각하며 덧붙인다.

"그러니까 혹시 잉가 씨가 질문을 하면 귀 기울이고 잘 들어주라는 뜻이죠? 당연한 말씀을 하시네요?"

나는 바보 같은 소리를 다 듣겠다는 듯 씨익 웃어 보인다.

"미치겠군."

사장은 용케도 소리를 지르거나 하지 않는다. 나름 속을 진정시킨 기색이다.

"잉가 씨도 네 보스라고, 나처럼!"

그 말에 나는 콧살을 확 찌푸리고 잉가를 쳐다본다. 놀란 심정을 굳이 숨기지 않고 그대로 내보인다.

"……아, 그러시구나."

마침내 겨우 입을 연다.

"사장님이시구나."

잉가는 한껏 당당해진 태도로 미소 짓는다.

"그래요, 그렇다고 너무 어렵게 생각하진 말고요."

"아니죠, 그건."

사장이 참견한다.

"잉가 씨는 저 애한테 지시를 내리는 거고요. 저 애는 군말 없이 따라야 하는 거죠."

"그런가요?"

이 잉가라는 여자는 눈에 띄게 기뻐하며 재빨리 나를 훑어본다.

"직함 같은 거 안 따지고 알아서 잘할 사람으로 보이는걸요."

사장이 픽 하고 코웃음을 친다.

"제대로 보고 하는 소리예요?"

당연하게도 나는 아직 맞은편에 그대로 앉아 있다. 지금 나에 대해 떠드는 저들과 한자리에 있다는 말이다. 석상처럼 굳어서 눈에 들어오지 않는 모양이지만 하여튼 분명히 그곳에 자리하고 있다. 진심으로 서러워진다.

"괜찮을 거예요. 그러니까 사장님도 저분을 여기 들이신 거 아니에요?"

"무슨, 다른 지원자가 아무도 없으니까 그랬죠."

사장이 충격적인 진실을 아무렇지도 않게 밝힌다.

그 말을 마지막으로 나는 그만 인사하고 물러난다.

파격적인 목소리가 뛸 듯이 기뻐한다

잉가는 열정적으로 여러 가지 계획과 구상을 늘어놓는다. 어서 작업에 착수하기만을 학수고대하고 있다. 사장과 대화를 마친 잉가는 내가 서 있는 계산대 쪽으로 접근해온다. 나는 그 모습을 곁눈질하면서도 어떻게 대처할 방법이 없어 그냥 서서 가만히 자리를 지킨다.

"정말 미친 듯이 재밌어요. 끝내주게 멋질 거예요!"

잉가가 점점 가까워지더니 나로부터 겨우 1미터를 남겨두고 멈춰 선다. 친한 척 들이대는 걸 보니 사회성에 문제가 있어 보인다.

"네, 그럴 거 같네요."

나는 무심하게 대꾸한다.

"내일 첫 편집회의가 있을 거예요. 그래서 간단한 식사를 준비해줬으면 해요. 그냥 단출하게요."

"네, 그럴게요."

"그리고 이 공간도 좀 정리해주고요. 테이블을 길게 나열하고 깨끗이 청소도 하고요. 알았죠?"

몹시 열광적인 어조로 말을 맺는다. 아니 잠깐, 잉가는 무슨 말이든 열정적으로 이야기한다. 원래 그런 사람인가 보다.

"네."

그에 반해 내 목소리는 무척 무미건조하다.

잉가는 봄처럼 활기찬 삶을 사는 소녀다.

나는 가을을 살아가는 중이라 말하고 싶다. 언제까지나 그럴 것이다.

편집회의는 무슨

저들은 반박의 여지 없이 그야말로 평범해빠진 사람들이다. 얼마나 지루한지 계속 잠이 드는 바람에 슬슬 코까지 골게 생겼다.

내게 인사를 건네는 사람은 거의 찾아보기 힘들다. 내가 계산대 뒤에 서서 줄곧 입가에 미소를 띄우고 있는데도.

다들 말쑥한 차림새다. 그 점은 나와 조금 닮아 있다. 다만 이 기자들은 너무 유행에 휘둘리고 있다는 게 흠이다.

물론 뭐가 유행이고 아닌지를 알고 하는 말은 아니다. 그냥 왠지 그런 느낌이 든다.

마침내 모두가 한자리에 모인다. 세어 보니 열아홉. 열아홉의 거만한 사람들. 함께 이야기 나누며 희희낙락한다.

수염 기른 남자가 두세 명, 홀쭉하게 마른 여자들 몇 명, 몇몇 남자들은 서른이 넘어 보이는데 하나같이 전부 거만해 보인다.

그들이 식탁에서 막 새롭게 탈바꿈한 편집용 책상에 둘러앉는다.

함께 떠들며 웃는다. 삼십 대 남자들이 마른 여자들과 시시덕거리며 대화를 주도한다. 비교적 나이가 어린 수염 기른 남자들은 그 사이에 끼어들려고 안간힘을 쓴다.

이 광경을 보니 꼭 성인식에 와 있는 기분이다. 환영의 성가는 언제 부를지 궁금해진다. 마침 그때 사장이 입을 연다.

말이 꼬리에 꼬리를 물고 늘어진다. 환영 인사부터 시작해 온갖 폼을 다 잡으며 주절주절 자기 잘난 말들을 쏟아낸다. 잉가는 미소를 띤 채 그 옆에 당당한 자태로 서 있다.

"……그렇습니다. 끝내주게 멋질 겁니다!"

사장이 기본 디자인과 편집 방향을 대략적으로 설명하고 있을 때 갑자기 누군가 문을 똑똑 두드린다.

내가 사장을 쳐다본다. 사장은 나를 쳐다본다.

"문이 잠겼나?"

"아닌데요."

움츠린 목소리로 대답한다. 나도 당황스러웠기 때문이다.

밖에서 웬 젊은 남자가 기웃기웃 안을 들여다보고 있다. 안경을 썼다.

나는 팔을 움직여 남자에게 그냥 들어와도 된다고 신호를 보낸다.

남자가 개구쟁이처럼 장난스레 웃더니 문을 연다.

"한심하네요."

남자는 참 기묘하게도 나를 보며 그렇게 말한다. 그러다 사람들이 모여 앉은 기다란 책상을 발견하고 황급히 변명을 둘러댄다.

"일하다 나오기 힘들어서요."

그러고는 일굴을 새빨갛게 붉힌다. 서둘러 문지방 위로 걸음을 떼는데 안타깝게도 발이 턱 걸리는 바람에 원하는 바를 이루지 못한다.

그대로 철퍼덕 넘어진다. 남자는 참 길게도 주목을 끈다. 정작 그렇게 길쭉하지도 않으면서.

탈락자

나는 단번에 파악한다. 안경 쓴 남자가 방금 저지른 요란한 실수를 이겨내고 다시 벌떡 일어섰음에도 불구하고. 남자는 테두리 밖에 있는 사람이다. 즉, 탈락자다. 멋지지 않고 유행을 따르지 않는 데다 혁신적이지도 않다. 키가 크지도 않다. 거의 모든 부분에서 탈락이다. 온몸으로 그걸 증명하고 있다.

남자는 테두리 안에 들어맞지 않는다.

탈락자가 책상 쪽으로 걸음을 옮긴다. 사장이 인사를 건네고 잉가는 미소를 보낸다.

누가 봐도 예의상 지은 억지 미소가 분명하다. 남자는 능력조차 변변치 못한 게 틀림없다. 어쩌면 그냥 집에 있는 편이 더 나았을지 모른다.

그것은 곧 사실로 드러난다. 남자는 열을 올리며 본인의 처지를 수습하려고 허덕인다. 미소를 머금고 주변을 돌며 죄송하다는 말을 50번쯤 반복한다. 남자가 마침내 사과를 끝내고 안경을 고쳐 쓰자 사장이 다시 끊겼던 말을 잇는다.

노력가, 하고 남자에게 속으로 욕지기를 내뱉는다. 이보다 더 역겨울 수가 없다.

저게 대체 무슨 꼴이람, 하고 혀를 차며 자리에 선 채로 다른 쥐인간들을 관찰한다(나는 이제부터 이들을 '쥐인간'이라고 부를 작정이다. 달리 부를 수가 없기 때문이다). 노력가들은 여러모로, 그중에서도 다음과 같은 점에서 최악이다.

노력가들은 쥐인간이 되기를 미친 듯이 갈망한다.

다른 쥐인간들에게 인정받지 못하면서도 그들의 우두머리가 되고 싶어 한다.

하등한 자들 가운데 가장 하등한 자들이다. 실로 쥐인간들보다 훨씬 형편없다.

쥐인간들을 마뜩잖게 째려보고 서 있으면
저들도 나를 똑같이 째려본다

단 몇 초 만에.

시작은 미미하다. 쥐인간 하나가 책상 위에 시선을 고정한다. 거기에는 내가 놓아둔 접시가 하나 있다. 유리컵도 함께. 모두 앞에 각자의 접시와 유리컵을 두고 앉아 있다.

여기까지는 다들 그러려니 할 것이다. 하지만 종이쪽지 한 장이 거기 같이 놓여 있다는 게 문제다. 그리고 쥐인간은 지금 여기에 주목한다.

쥐인간들로 말하자면, 매사에 호기심 많고 주의 깊은 성격이다. 별것 아닌 일도 굉장히 주의 깊게 살핀다.

쥐인간이 쪽지를 집어 든다. 나는 그 모습을 숨죽이고 주시한다. 다음으로 일어날 모든 일이 물 흐르듯 자연스레 흘러가기를 간절히 빌면서. 제발, 순순히 접시 옆에 놓인 펜으로 '새우'나 '쇠고기'에 알아서 표시를 해줬으면.

종이쪽지는 내가 만든 일종의 설문지다. 맨 위에 '샌드위치'라고 쓴 뒤, '새우'를 쓰고 '예', '아니오'로 나눈 네모 칸을 두 칸 그렸다. 그 아래에는 '쇠고기'를 쓰고 같은 방식으로 네모 두 칸을 마저 그렸다.

누구나 쉽게 이해할 수 있는 일반적인 설문지다. 단 한 마디 대화 없이도 내 일을 손쉽게 만들어줄.

하지만 쪽지를 집어 든, 그 서른 살 넘어 보이는 쥐인간이 사장에게 눈길을 보내고 헛기침을 한다.

"대체 이건 뭡니까?"

사장이 쪽지를 빤히 바라본다. 그리고 자기 접시를 내려다본다. 거기에도 마찬가지로 같은 종이쪽지가 놓여 있다. 잉가 역시 그렇게 한다.

사장이 내게로 돌아선다.

"뭐야, 이 종이 쪼가리는?"

쥐인간들의 눈이 전부 내게 쏠린다. 몹시 거북하다. 잉가 가 목소리를 높인다.

"새우와 쇠고기 중 선택해야 하나 봐요."

"그건 알겠는데, 그래서, 설마 아직도 식사 준비가 안 됐다 는 거야? 어?"

"여러분께 선택권을 드리고 싶어서요."

나름 상냥하게 대답한 것 같다. 그러고 나서 목까지 붉어 진 내 모습이 보이지 않도록 커피메이커 뒤로 가 선다.

사장은 언짢은 기색이다. 언짢다는 걸 거침없이 말로 표현한다.

쥐인간들이 괴상한 소음을 내뿜는다. 웃음소리 같다.

나는 당연히 쥐인간들이 왜 웃는지 모른다. 나같이 멀쩡한 사람이 어떻게 쥐를 이해하겠는가.

쥐인간들은 도저히 감당이 안 된다

예를 들어 음식을 만들어서 갖다 준다고 치자. 쥐인간들은 확연히 티가 날 정도로 이에 무심하다.

당연하게 받아먹는다.

음식이 남아돌아서 갖다 준 줄 안다.

또한 오직, 뭐랄까, 오직 혐오만 담긴 눈으로 사람들을 쳐다본다.

이상한 일이다.

나는 음식을 나르는 내내 여기저기서 날아드는 쥐들의 사악한 눈동자에 홀로 맞선다. 그저 신경 쓰지 않는 척하는 수밖에, 방법이 없다.

쥐인간들이 대화한다

음식을 전부 먹어치운 쥐인간들은 본격적으로 잡지 편집에
몰두한다.

사장이 말문을 뗀다.

"잡지 명칭을 뭐라고 할까요? 의견 받겠습니다."

나는 한참 전부터 지겨워죽겠다는 얼굴빛을 한 채 계산대
뒤에 자리잡고 있다. 저들이 뭐라고 떠들든 말든 결코 티끌
만큼도 관심 없다는 표정으로, 창밖을 내다보면서(바깥 풍경
을 바라보고 있는 내 처지가 음울하고 슬프다 해도, 아니, 아
예 아무런 감정을 못 느낀다 해도 나는 아무렇지 않다. 정말
로 괜찮다).

수염을 기른 남자 한 명이(아, 실수, 쥐 한 마리가) 우선 대
표 이미지에 대한 사람들의 생각을 듣고 싶다고 한다. 남자
가 꺼낸 말은 그랬다.

"이미지라, 그래요. 그러고 보니 분명히 못 박은 적은 없
죠?"

사장이 책상 위를 쭉 둘러본다.

잉가가 목을 가다듬는다. 틀림없이 커다란 목소리를 내려

고 시동을 거는 행위가 분명하다. 잉가는 언제나 큰 소리로 말하고 싶어 한다.

"메일로 얘기했던 그 이미지는 다른 무료 잡지와 너무 비슷해 보여요."

"그런가요?"

사장이 희한하게도 의견을 존중하는 태도로 응수한다. 남을 무시하는 습관이 있는 주제에 지금은 아주 딴판이다. 잉가의 말이라면 언제나 귀를 쫑긋 세울 준비가 되어 있는가 보다.

"그럼 어떻게 해야 우리를 차별화할 수 있겠어요?"

"우선은 ……하고, ……하고, ……하고, ……쿨쿨."

커피메이커 뒤에 앉아 시계를 흘긋 본다. 4시가 다 되어간다. 원래대로라면 곧 집에 갈 시간이다.

하지만 오늘처럼 평소와 다른 날에는 그래도 되는지 알 수가 없다.

그래서 그냥 앉아 있다.

참다못해 다가가서 사장의 등을 콕 찌를 때까지

쥐들의 대화는 끝날 기미가 보이지 않는다.

나는 그만 집으로 돌아가도 되는지 물어볼 수밖에 없다.

그러나 사장의 등을 콕 찌르자마자 불현듯 이 사장 말고 다른 사장, 그러니까 여사장의 등을 택하는 편이 나았을 거라는 생각이 스친다. 여자란 한 입으로 다섯, 여섯, 여덟 말 정도는 예사로 하니 더 친절하고도 공손한 대답을 바랄 수 있다. 하지만 너무 늦었다. 나는 바보같이 이 남자를 고르고 말았다. 버스는 이미 떠났다.

"으응?"

하던 대화를 멈추고 모두가 나를 쳐다보고 있음은 말할 필요도 없다. 쥐들의 눈동자가 또다시 내게로 몰려든다. 이 쥐들에게 집중력을 기대해선 안 된다.

"오늘 할 일은 다 끝난 것 같아서요."

사장이 기다란 책상을 쓱 둘러본다. 지저분한 접시와 컵들이 여기저기 널려 있다. 나 들으라는 듯이 한숨을 푹 내쉰다.

"그럼 청소는 언제 할 생각인지 모르겠네. 물론 뒷정리가 네 계획에는 없었겠지, 그렇지?"

"아아."

우물쭈물하다가 은근히 등이 아프다는 몸짓을 해 보인다. 당장 떠오른 방법이 그것뿐이다.

"내일 하면 안 될까요?"

"어떤 사람들에겐 당연히 힘든 일입니다."

사장이 나를 외면하고 시선을 돌려 이곳저곳 훑어본다. 쥐 인간들을 바라보며 동의를 구한다, 받아낸다.

"어떤 사람들은 취업이 의미하는 바를 몰라요. 지금 보니 딱 알겠군요. 그쪽이 관심 있다던 미래 없는 청소년들 말입니다."

사장이 안경 쓴 남자를 똑바로 쳐다보며 말을 잇는다.

"확실히 흥미롭겠어요. 기사로 보고 싶네요. 가서 같이 담소라도 나눠보지 그래요?"

안경 쓴 남자가 나를 바라본다.

나는 그 눈길을 마주하다가 한바탕 웃음이 터진 쥐들을 응시한다. 가만히 시선을 내린다.

"그다지 재미있을 것 같진 않지만."
사장이 계속해서 입을 놀린다

"복지 정책 얘기는 어때요? 경제 돌아가는 얘기도 있고. 그래서 그게 뭘 어쨌다는 걸까? 같은 기사를 써도 되겠지요."

안경 쓴 남자는 얼굴이 시뻘게진다. 가슴이 답답하다.

어쩌면 이게 내 인생의 전환점이라고
생각하는 사람도 있겠지?

너무 부끄러워서 그대로 확 죽고 싶다고 생각할 줄 알았겠지?

솔직히 말하자면 진짜로 그렇다. 이 진심을 끝내 인정하고 몇 초 후, 나는 밖에서 기차를 기다리며 서 있다. 그러나 유감스럽게도 기차가 오려면 30분은 더 있어야 하기에 그때까지 내 몸을 숨겨야 한다.

유감스럽지만 간이식당에는 창문이 달려 있기 때문이다. 즉, 바로 이 순간에도 저 쥐들이 창문 너머로 나를 훔쳐보고 있을지 모른다는 얘기다. 움직임 하나하나를 주시하면서.

그리하여 나는 벤치 밑으로 들어가 눕는다. 오직 이 방법뿐이다. 이렇게 하면 저 쥐들의 시야에서 조금이나마 벗어날 수 있다(이제부터 나는 저들을 쥐인간이 아니라 그냥 쥐라고만 부를 작정이다. 이제 더 이상 저들에게서 인간성을 찾아볼 수 없기에).

이보다 나쁜 일은 일어날 수 없다고 생각한 순간(나는 벤치 아래에서 25분째 몰래 누워 있다. 인간의 존엄성이 철저하게 파괴당한 기분이다. 육체적으로나 정신적으로나), 그 나쁜 일이 정말로 일어난다.

누군가 내 손가락을 밟은 것이다. 정확히 말하자면 새끼손가락을.

나는 충격받은 사람들이 으레 그렇듯, 작게 외마디 비명을 지르고 위를 올려다본다. 안경을 쓴 형체가 보인다.

"어이쿠, 이런. 거기 누워 있는 거예요?"

나는 은신처에서 억지로 몸을 끄집어 올린다.

"네."

소심하게 화난 목소리를 낸다. 그렇다고 너무 소심했다가는 티가 안 날 테니 적절하게 조절한다.

"그러던 참이었는데요."

"그렇군요. 저는 스티안이라고 해요."

안경이 내게 악수를 청하듯 한 손을 내밀며 말한다.

그걸 바라보다 대답한다.

"그래서요?"

나도 쥐처럼 굴 수 있다

쥐들을 상대하려면 그렇게 할 수밖에 없다.

"어, 그러니까…… 그게……."

스티안이라고 하는 안경이 어물거린다.

"아니에요. 당신도 기차에 탈 건가 봐요?"

"음…… 네."

조금 망설이며 대답한다. 어쨌든 기차를 타야 하는 건 사실이니까.

쥐 죽은 듯이 고요해진다. 안경이 안경을 고쳐 쓴다. 그러고는 자리에 서서 기차가 오는 순간을 포착하고야 말겠다는 듯 그쪽을 뚫어져라 주시한다.

그러나 코빼기도 비치지 않는 기차 때문에 다시 시선을 내게 돌린다.

"어, 일은 할 만한가요?"

나는 눈을 휙 치켜뜬다.

"못 해먹겠는데요."

그리고 보란 듯이 악의를 가득 담아 쏘아본다.

"저런, 이유가 뭐예요?"

"이유는 네모. 때문이죠. 그게 제 인생을 무너뜨리고 있어요."

이번 편집회의에서 나왔던 새 잡지 이름이다. 네모. 이유는 다음과 같다. 과감하다기엔 너무 틀에 박혀서, 틀에 박혔다기엔 너무 과감해서(당시 나는 이런 생각을 했다. '저렇게 똑똑할 수가! 세상에, 그런 기똥찬 생각을 다 하다니!' 에이, 아니다. 이쪽에 가깝다. '뇌가 없는데 뇌를 굴리면 저 따위구나!').

안경이 가만히 웃는다. 그러다 다시 안경을 고쳐 쓰고 열차가 오는 쪽을 주시하기 시작한다.

"안경을 자주 고쳐 쓰시네요?"

"네, 흘러내려서요, 아시죠."

"네, 알죠."

우리는 거기 서서 도저히 올 기미가 안 보이는 기차를 기다린다. 꼬박 1분째 그대로 서 있는 중이다. 나는 여전히 성난 황소처럼 이 안경 쓴 '문화인'이자, 미래가 없는 청소년들을 취재하려는 이 '인간'을 째려본다.

"저기, 당신 그 안경 말이에요…… 그거 좀 아니라고 봐요."

그러자 안경은 의아한 눈으로 나를 쳐다보고 얼른 안경을 한 번 더 고쳐 쓴다.

"그 말이 아니라요. 전 유행에 별로 관심 없는 편인데요, 정말로 최소한의 신경만 쓰는 정도거든요. 근데 그 안경은 진짜 무지하게 촌스러워요."

"네, 실은 당신 말이 맞아요. 작년까지 유행하던 거죠."

나는 승리감에 젖어 비아냥거린다.

"그럼 빨리 갈아치우지 않고요?"

"돈이 있어야죠."

그러고는 한숨을 푹 쉰다.

"아직 이 안경 할부금을 내고 있거든요. 안경 계좌를 통해 산 건데, 아, 그게 뭐냐 하면, 오직 안경만을 위한 무담보 대출 같은 거예요."

나는 할 말을 잃고 그저 한심한 눈을 해 보인다. 탄식이 나와 고개를 절레절레 젓는 동시에 어이가 없어 눈을 휙 치켜뜬다. 그때 기차가 역 안으로 들어온다. 나는 안경을 삐딱하게 흘겨본다.

"머리가 되게 좋으셨나 보다."

모순적인 말을 남기고 뒤도 돌아보지 않고 홀가분한 걸음으로 기차에 오른다.

"아니에요, 그 정도로 좋지는 않았어요."

안경이 내 옆자리에 털썩 주저앉으며 말한다.

이렇게 짜증을 유발하는 사람들이 있다. 기차에서 본인이 어디에 앉아야 할지 모르는 사람들. 뿐만 아니라 앉은 자리에서 어떻게 처신해야 하는지도 모르는.

이 안경 쓴 사내는 나와 함께 앉아도 될 정도의 유대감이라도 느끼는 모양이다.

개인적으로 나는 전혀 그렇지 않다.

결국 사납게 으르렁대며 묻는다.

"지금 날 취재하는 거예요?"

"취재라니요? 제가 이것저것 너무 많이 물었나요?

정곡을 찔렀나 싶어 코웃음이 나온다.

"어떤 미래가 보이는지 저하고 얘기하셔야 하잖아요."

"아."

안경이 겸연쩍게 웃는다.

"사장님 말씀 신경 쓰고 있어요?"

"네."

나는 비틀린 미소를 짓는다.

"딱 지금 신경 쓰고 있었어요."

"그 기사는 엄밀히 따지자면 제 직장생활 얘기를 담아보자는 취지였어요. 전 진짜로 미래가 많이 깜깜하거든요."

나는 다시 픽, 하고 코웃음을 친다.

"그래 보여요."

그리고 다 알 것 같다는 눈빛으로 그 볼품없는 체구를 한 번 쭉 훑어본 다음 툭 내뱉는다.

"전 이제 음악 좀 들을게요."

오슬로 중앙역에서

"어……."

안경은 여전히 내 옆에 나란히 서서 걷고 있다. 거머리처럼 끈질긴 놈이다.

"저는 여기서 저 버스 탈 거예요."

나는 그 말에 웃을 수가 없다. 참 모순적이라는 생각이 든다. 이럴 때 쓰는 말은 아니겠지만.

환장하게도 내가 탈 버스와 같은 버스다.

오슬로는 버스로 가득 찬 도시다. 그런 곳에서 안경은 죽으나 사나 나와 같은 버스를 탈 거다.

아닐 수도 있다. '저는 안 탈 거예요.' 하고 안경에게 작별을 고하고 다음 버스를 기다릴 수도 있다.

하지만 온몸 구석구석이 콕콕 쑤시고 삐걱거린다. 특히나 머리가.

지금은 때가 아니다.

시무룩한 목소리로 입을 연다.

"저도요."

"당신도 여기서 내려요?" 안경이 묻는다

이쯤 되자 안경이 나를 일부러 따라오는 게 아닐까 하는 의심마저 슬슬 들기 시작한다. 사이코패스일지도 모른다.

물증은 없다. 그러나 같은 정류장에서 딱 내린 건 미심쩍은 일이다.

"안녕히 가세요."

나는 이제 오른쪽 길로 가겠다는 몸짓을 해 보인다.

"저도 그쪽으로 가요. 저기서 살거든요."

안경이 저 멀리 길 아래에 있는 노란 건물을 가리킨다. 나도 아주 잘 알고 있는 건물을.

기가 막히게도 바로 내가 살고 있는 건물이다.

마음을 가다듬는다.

"저도 저기 살아요."

떫은 심정을 감출 수 없다.

"세상에! 정말 신기하네요. 몇 층이에요?"

"3층이요."

"저는 4층에 살아요."

안경이 까르르거린다. 실제로 그런 소리를 내며 웃는다.

아무 생각 없이 긍정적인 놈이다. 나와는 참 다르다.

끝내, 끝끝내 3층 문 앞에 다다른다.

"또 만날 수 있겠죠?"

"아마 그럴 일 없을걸요."

나는 걸음을 늦추며 대답한다.

"계단에서라도 만나겠죠. 분명해요."

"헤헤, 저는 밖으로 잘 안 나가서요."

"출퇴근할 때요."

안경의 말소리가 서서히 멀어진다. 내가 이미 집 안으로 들어섰기 때문이다.

창가에 서서 밖을 내다보며 생각한다

더는 버틸 수 없다.

어떤 삶의 공은 아래로만 굴러간다

전혀 손쓸 길이 없다. 창밖을 응시하고 서 있을 때 든 생각이다. 더 이상 거리를 내려다보는 일이 재미있지 않다. 이 거리는 오락 거리로서의 가치가 전혀 없다. 여기에 내 인생을 반년이나 쏟았다는 사실이 믿기지 않는다.

삶의 공이 저 아래 구렁텅이나 더러운 하수구를 향해 굴러간다.

삶의 공은 애초에 아래로 구르고 있다. 그러다 위쪽으로 살짝 움직이기도 한다. 또다시 위로 움직일 가능성은 얼마든지 있다.

하지만 그게 무슨 소용일까? 조금 올라간다고 해서 뭐가 달라질까?

쓸모없는 일이다. 짧은 비행 후에는 긴 추락이 이어진다. 추락은 점점 길어지고 가속도가 붙는다.

그러나 여기서 훌쩍 뛰어내릴 마음은 들지 않는다. 더는 버틸 수 없다는 말이 결국 무슨 의미인지 알면서도.

그렇다, 나는 계속해서 살아간다. 항상 그랬던 것처럼 정처 없이 계속 살아갈 뿐이다. 좀비처럼, 다른 사람들처럼.

더는 버틸 수 없다 해도, 내게 그 어떤 미래도 없다 해도.

미래란 결국 이런 뜻이다. 다른 사람들과 똑같은 가능성을 가지고 살아가는 것. 어느 날 갑자기 암에 걸려 쓰러지기 전까지 줄곧 행복한 나날을 보낼 가능성. 물론 여기서 암세포는 중요하지 않다.

앞으로 살날이 얼마나 남았는지 걱정하려는 게 아니다. 나는 그 문제에 전혀 관심이 없다.

간단히 말해서 수명은 미래에 아무런 영향도 끼치지 못한다. 오직 돈과 재능, 어쩌면 그것들을 거머쥘 만한 성격까지 포함된 능력만이 미래를 좌우한다. 나는 그중 단 하나도 가지고 있지 않다.

지금 이 순간, 나는 길 건너 리미 슈퍼에서의 미래를 상상한다. 창밖으로 리미 슈퍼의 출입문이 똑똑히 보인다.

지금 일하고 있는 직장, 그러니까 간이식당에서 더 이상 버틸 수 없다면 리미 슈퍼로 들어가 일자리를 구할 수 있을 것이다.

리미 슈퍼는 항상 사람을 구하고 있으니 식은 죽 먹기나 다름없다. 그러나 거기까지 생각한 순간, 깨달은 것이 하나 있다. 슈퍼에서 필요로 하는 그런 사람들에 내가 포함될 리 없다는 것.

슈퍼 문은 내게는 닫혀 있다.

물론 사람들이 드나드는 물리적인 의미의 문은 아니다.

오히려 내 처지는 조금 더 서글프다. 대부분의 문이 내게는 닫혀 있다.

닫힌 문들 앞을 평생 아쉬운 걸음으로 맴돌면서도 아마 나는 고집스럽게 그 문을 두드리지 않고 버틸 것이다. 여기서 사람들은 두 부류로 나뉜다. 안으로 들어가기를 갈망하며 안에서 제 몫을 차지하고 싶어 하는 사람들. 그들은 닫힌 문을 기꺼이 두드린다. 나머지 사람들은 제자리에 가만히 서 있기만 한다. 문 밖에서 움직이지 않는다.

그저 꼭꼭 닫혀 있다는 이유로 아무것도 하지 않고 바라보고만 있다.

나는 내가 어떤 사람인지 잘 안다. 그걸 안다 해도 달라지는 건 없지만.

왜냐하면 이 문제는 내가 해결할 수 있는 문제가 아니기 때문이다.

누군가는 성격을 확 바꿔보라고 권할지도 모른다. 모든 면에서, 특히 사회적으로 더 매력적인 사람이 되라고 말이다.

그런데 그건, 한번 감염된 헤르페스바이러스가 완치되는 것과 마찬가지라고 보면 된다.

당연히 그런 일은 일어나지 않는다.

그럴 수 없다.

사람들은 우리 각자가 스스로의 운명을 만드는 대장장이라고 말한다. 나는 유별나게 실력 없는 대장장이다.

삶은 계속되어야 한다(그러니까 내리막길로)

정말 하기 싫은 일들을 억지로 해야 한다. 오직 하기 싫은 일들만 해야 한다.

삼키기 힘든 알약인 셈이다.

나는 계속 출근을 해야 한다.

음식을 나르고, 정리하고, 청소를 해야 한다.

전부터 계속 해온 일이다. 차이가 있다면 이제는 더 이상 어떠한 기대도 없다는 것. 출세를 향한 첫걸음이 아니라, 마지막 걸음이다. 마지막이자 유일한 걸음이다.

곧 '네모'에서 파티를 연다. 준비는 온전히 내 몫이다.

나는 살면서 단 한 번도 파티에 가보지 않았다. 파티 준비란 어떻게 하는 건지 감이 안 잡힌다는 말이다.

그래서 나는 묵묵히 청소를 한다. 바닥 여기저기, 계산대, 그리고 식탁까지, 구석구석.

사장은 어딘가 맘에 들지 않는 기색인데, 어찌 됐든 나와 대화하기를 관둔 상태다.

반면에 잉가는 친절과 가식의 경계에 있다. 솔직히 말하자면 가식 쪽에 훨씬 가깝다. 무척 만족스럽다.

아무래도 미움보다는 동정이 낫다

잉가가 제 속에서 멋대로 그림을 그리고 있는 게 훤히 들여다보인다. 나는 평균 이상으로 영리한 사람이라 쉽게 눈치챌 수 있다. 그러니까 잉가는 나의 절망적이고 미래 없는 처지를 눈치챈 것이다. 물론 그 처지는 우리 둘 다가 아니라 나에게만 해당되는 사항이다.

그래서 친절한 거다. 나를 안쓰럽고 불쌍하게 여겨서. 잉가에게 나는 일종의 자선사업인 셈이다. 영어로 charity case, 즉 나를 구제해야 할 불우 이웃으로 취급하고 있다.

다소 언짢은 게 사실이다. 불쌍한 것보다는 당연히 안 불쌍한 게 더 나으니까. 이제는 그 동정심도 그냥 그러려니 별 의미를 두지 않는다.

동시에 번뜩 기발한 생각을 떠올린다. 이 동정심을 핑계로 써먹을 수 있겠다고. 잔소리를 피할 수 있는 묘책이다.

숙제를 빼먹으려고 기르던 애완동물이 죽었다며 변명하는 것과 비슷한 방법이다. 나는 이 핑계를 무려 다섯 번 넘게 활용했다. 이러한 전략은 연령 제한이 없다는 게 장점이다.

그냥 이렇게만 말하면 된다. '오늘은 일을 제대로 못하겠어요. 죄송해요. 유감스럽지만 저는 불쌍한 애라서요.' 어쩌면 군이 말할 필요까지도 없을지 모른다. 그저 몸짓으로 보여주기만 해도 될 듯싶다.

사실은 평소처럼만 해도 된다. 있는 그대로, 평소대로. 그러면 잉가는 나를 안쓰러운 눈빛으로 바라볼 거다. 내가 무슨 행동을 하든, 어떤 말을 하든, 분명 아랑곳하지 않고 내 어깨나 팔 따위를 두드려줄 거다. 동정 어린 태도를 취할 거다.

좀 어처구니없다, 솔직히 말하자면.

어쨌든 혼나는 것보다야 나으니까.

역시 내 생각이 맞았다

마침내 그날이 오고야 만다. 파티가 열리는 그날이. 오늘 간 이 식당에는 기자 여럿과 그 친구들이 모여들 예정이다. 그리고 파티를 즐기겠지.

내 임무는 계산대 뒤에 서서 맥주를 제공하는 것. 그다지 어려워 보이진 않는다.

다만 병따개가 조금 다루기 힘들다.

처음에는 처음이니까 그럴 수 있다. 그러나 그 뒤로 두, 세, 네 병의 맥주병을 깨부수고 나서야 요령을 터득한다.

"그 정도 손해는 당연히 감안해야죠."

잉가가 다 이해한다는 듯, 안쓰러워죽겠다는 목소리로 다독인다.

파티가 망해버리면 얼마나 좋을까

안타깝지만 그저 바람으로 끝난다.

'망한 파티'의 정의가 텅 비어 파리만 날리는 파티를 뜻한다면. 누구나 인정할 수밖에 없는 망한 파티란 그런 거니까.

여기는 온 천지 구석구석에서 몰려든 사람들로 난장판이 따로 없다. 오슬로 안에서만 왔다는 게 이 정도다.

쥐들의 친구들도 같은 쥐들임은 두말할 필요도 없다.

대부분 비쩍 말라 있다. 특히 여자들은 전부 그렇다. 덩치가 좀 있는 남자들도 한두 명 있긴 하지만 어쨌든 남자니까 그러려니 한다.

나는 바 뒤에 서서 닥치는 대로 맥주 뚜껑을 딴다. 그것을 손님들에게 건네주고 쥐꼬리만 한 돈을 받는다.

그러면서 이따금 몰래 한 모금씩 홀짝이기도 한다. 계산기 뒤에 맥주가 한가득 담긴 커피 잔을 올려두고, 지금 이 행위가 정당하다는 생각이 들 때마다 정당하게 몇 모금씩 마시고 있다.

사람들이 바글대는 파티에서 홀로 계산대 뒤에 서 있는 이 불쾌한 상황을 의식할 때마다 정당하다는 생각이 든다. 다들 전자음 가득한 일렉트로닉 음악에 맞춰 환호하고 춤을 춘다.

점점 정당하다고 생각하는 빈도가 잦아진다. 너희한테 줄바엔, 하고 생각하면서 또 한 모금 마신다. 그러고는 내 주변에서 다행히도 충분한 거리를 두고 춤추는 사람들을 똑바로 노려본다. 어느 모로 보나 여긴 내가 있을 곳이 아니다.

있어서는 안 될 곳이다.

다시 정당한 한 모금을 홀짝이며 시선을 저 멀리로 던져 훑어본다. 그 순간, 맥주가 목에 턱 걸린다. 아니, 걸리지 않고 역류하려는 것을 억지로 삼켜 아래로 내려보내려고 모든 정신을 집중한다. 내 입에서 뿜어진 맥주가 손님 면상에 안착하는 일만은 막아야 했으니 말이다.

저기 한가운데, 내가 영영 발붙일 일 없을 그곳에 토레가 서 있다. 멀쩡한 두 다리로(유감스럽게도 다리 한 짝을 잃거나 하진 않았다. 그러거나 말거나 상관없지만).

똑바로 우뚝 서서 엷게 미소 짓고 있다(윽). 대단히 어색하다.

현기증이 난다

무너지는 몸을 계산대에 기대고 토레를 응시한다.

　토레는 나처럼 중심을 잃고 휘청거리거나 하지 않는다. 나라는 걸 전혀 눈치 못 챈 것 같다.

　무슨 이유에선지 식당 뒷문 쪽을 줄곧 바라보고 서 있을 뿐이다. 그저 평범한 뒷문에 지나지 않는데도.

　그렇게 혼자 서 있다. 완전히 혼자다. 토레가 이 자리에 있을 이유는 하나도 없는데. 겨우 맥주를 마시러 여기까지 혼자 왔을 리는 없고. 그럼 무엇 때문에?

　감히 무슨 권한으로 저 개자식, 저 양아치가 이렇게 불쑥 나타난 걸까?

　나는 철저히 무방비 상태다.

　이 공간에서 내게 호의를 가진 사람은 단 한 명도 없다.

　그런데 이런 곳에서 다시 만난다고? 무슨 이야기를 나눠야 하나?

　내가 얼마나 잘 살고 있는지 보여줘야 하나?

바로 그때, 사방이 일순 고요해져 정신을 차린다

DJ가 음악을 끈다. 사장이 자리잡고 선다.

무언가 일어날 낌새다.

토레는 귀를 바짝 세우고 자연스러운 태도를 취하려는 것 같다. 여전히 뒷문에 시선을 못 박고 상황에 집중한다.

그럼 그렇지. 몇 초 후 뒷문이 열리자 그 안에서 잉가가 자박자박 걸어 나온다. 한가운데 우뚝 선다.

흠뻑 젖은 발가벗은 몸으로.

그래, 좋다

정말이지 아무런 감흥도 들지 않는다. 나는 정신적으로 이미 많이 지쳤다. 내 머릿속에는 눈앞의 광경을 담을 공간이 더 이상 남아 있지 않다. 자리가 없다. 그러니까 잉가가 스트립 쇼를 하든 외국의 어느 괴상한 전통 춤을 추든 개뿔도 신경 안 쓴다.

정말 상상을 뛰어넘는 소녀다. 적잖이 놀란 건 사실이다. 인정한다.

하지만 너무 피곤하다. 뭐라 반응할 힘도 없다. 그래서 '대체 저기서 왜 저딴 짓거리를?' 하는 당연한 질문조차 떠오르지 않는다.

나는 토레의 시야에서 벗어나는 데 몰두한다. 인간의 시야가 얼마나 넓은지 나는 모른다. 그래서 계산대 끄트머리로 자리를 옮겨버린다. 토레로부터 조금이라도 더 멀리 떨어질 수 있도록.

그러나 굳이 이렇게까지 노력할 필요도 없어 보인다. 토레는 내가 아무리 소리치고 화를 내도 눈 하나 깜짝하지 않을 기세로 잉가를 보며 넋이 나가 있다. 평범한 소년이라면 당연한 반응이다. 그 나이 남자애들은 오직 여성의 몸뚱이에만 정신이 팔려 있게 마련이다. 그렇다고 들었다.

그 사이에 잉가는 여전히 같은 자리에 서서 소리치고 화를 내고 있다. 나는 식당에 있는 많은 쥐들이 지금 이 상황을 얼마나 황당하게 여기는지 보려고 주변을 둘러본다. 그런데 아니다. 얌전히 서서 잉가를 가만히 응시할 뿐이다. 발가벗은 잉가를 아주 자연스러운 모습인 양 바라보고 있다.

"어떤가요, 여러분? 여러분은 지금 제 노출에 주목하고 있나요?"

잉가가 부르짖는다.

돌아오는 대답은 없다. 쥐들은 그저 황홀하게 물든 미소를 지어 보이며 발가벗은 잉가에게 화답한다. 이 모든 일들은 분명 괴이하기 짝이 없으나 너무 놀라지 않는 게 좋다. 이 쥐들의 사회에서는 그 어떤 일에도 놀라선 안 된다.

잉가는 발가벗은 자태를 한껏 뽐내며 어슬렁댄다.

"나체로 있는 게 자연스럽지 않나요?"

나도 안면이 있는 한 안경 쓴 남자의 코앞에서 잉가가 외친다. 운 나쁘게도 맨 앞자리, 잉가 가까이에 선 남자는 주춤주춤 뒤로 물러나는 중이다. 잔뜩 화가 난 괴물, 잉가로부터 벗어나기 위해서. 가엾은 안경은 당장이라도 신경쇠약에 걸릴 기세다.

"임신한 여자 처음 보세요?"

다시 소리치자 안경이 하마터면 뒷사람에게로 자빠질 뻔한다.

나는 잉가가 정말 미친 게 아닐까 하고 슬슬 의심을 품는
다. 지금까지 일어난 일들만 보면 충분히 그러고도 남는다.
진짜 임산부일 리도 없다. 잉가의 배를 보며 그런 기미를 느
낀 적이 한 번도 없었으니까.

"임신하기에는 너무 어리죠?"

다들 고개를 휘휘 젓는다. 절대 그렇게 생각하지 않는다는
뜻이다.

"뭐예요? 다들 제가 아이나 돌보는 멍청한 여자라고 생각
하는 거예요?"

잉가가 안경을 똑바로 쳐다보며 말한다. 가엾어라. 안경이
최선을 다해 도리질 친다.

잉가는 다시 알몸을 으스대며 뒷방으로 들어가버린다.

방으로 사라지는 잉가의 엉덩이와 몸 곳곳에서 다들 눈을
떼지 못한다.

"천재가 따로 없군!" 사장이 소리친다

그리고 짝짝 박수를 친다. 쥐들도 이에 전적으로 동의를 표한다.

"완전 제대로 미쳤어!"

사장이 또 한 번 소리친다.

다시 문이 열리고 잉가가 이번에는 옷을 걸친 채 걸어 나온다.

활짝 웃고 있다. 아까와는 딴 사람처럼 행동한다.

"여러분께 제 새로운 행위예술 작품을 맛보기로 조금 보여드렸답니다."

잉가가 감미롭게 미소를 흘린다.

쥐들은 전혀 놀라는 기색 없이 함께 미소 짓는다. 처음부터 알고 있었던 거다. 토레는 입이 귀에 닿을 정도로 크게 웃고 있다. 문득 토레의 귀가 굉장히 못생겼다는 사실을 알아차린다. 세상에, 내가 저딴 귀를 가진 놈과 사귀었단 말이야?

"전 임신 중이에요."

이유는 모르겠지만 잉가는 기쁨으로 가득 차 있다.

"사람들이 이상하게 생각하는 것도 당연하죠. 고작 스무

살인 제가 이대로 아이를 낳는다면요. 멍청한 일이라고 여기겠죠. 제가 감당하지 못할 거라고 생각하겠죠."

잉가는 갑자기 분위기를 바꾸어 눈앞의 사람들을 매섭게 쳐다본다.

"저는 바로 거기에 맞서고 싶었습니다. 임신은 우리 여성들에게 아주 자연스러운 현상이에요. 그래서 임신 중인 지금 나체로 공연하게 된 겁니다."

쥐들은 계속해서 미소를 머금고 고개를 끄덕인다. 왜 그러는지 이해가 안 된다. 그렇게 죽어라 미소 짓는 이유가 도대체 뭘까.

"나중에 출산하고 나면 태반도 공개할 거예요."

잉가가 이를 드러내며 씨익 웃는다. 그 이가 눈부시게 새하얗다.

"사람들의 주목을 끌어서 이 문제를 사회적으로 부각하기 위해서죠. 그래서 이번 수요일, 신문사 'VG'에서 저를 취재하러 올 거랍니다!"

모두 환호한다

나는 토한다. 문자 그대로는 아니고 말이 그렇다는 거다.

잉가의 쇼 자체는 예고편에 불과하다. 오히려 그 쇼가 끝난 다음이 최악이다.

내 일거리가 늘어난다는 뜻이기 때문이다. 사람들이 맥주를 마시러 몰려든다. 나는 그 와중에 가장 먼저 토레를 떠올린다.

숨을 만한 장소 따위, 있을 리가 없다.

이윽고 예상대로, 토레가 이쪽으로 걸어오는 게 보인다.

이럴 때 다들 다리가 후들거릴 정도로 초조하다고 하는 건가? 뭐가 됐든 상관없지만, 나는 지금 떨고 있다.

"여기서 대체 뭐 하는 거야?"

토레가 깜짝 놀란 얼굴을 하고 묻는다. 몸을 내가 있는 계산대 너머로 조심스럽게 숙인다. 날 껴안아주고 싶은 건지 아니면 그냥 내 얼굴을 확인하려는 건지, 알 수가 없다. 그래서 뒤로 조금 물러난다.

입을 떡 벌리고 혹시 이대로 30분은 족히 지난 게 아닐까 생각하다 퍼뜩 정신을 차리고 사무적으로 대답한다.

"여기서 일해. 너는 너랑 비슷한 무리들을 찾은 모양이더라?"

내 입에서 조금 아니꼬운 말이 튀어나온다. 쥐들을 상대하다 보니 그렇게 됐다.

"뭐?"

"아니야, 아무것도."

나는 바들바들 떨리는 웃음 근육을 누르고 진하게 미소를 지어 보인다(가끔 있는 일이다. 이러한 상황에서는 웃음 근육이 극도로 요동친다. 그러니 웃음 근육을 방아쇠처럼 당겨 떨림을 멈춰야 한다. 당겨본다. 그러나 말을 듣지 않는다).

"참 좋은 곳이지, 여긴. 어떻게 아는 사이야?"

나는 쥐 떼들을 손가락질하며 묻는다.

"어어, 실은 파트너랑 같이 왔어."

물론 쥐뿔도 신경 안 쓰인다

당연하다. 그렇게나 쥐를 파트너로 삼고 싶다면야.

나를 대신할 한 마리 쥐를 원한다면, 얼마든지. 소년에게 쥐를 줍시다! 소년이 쥐와 자게 놔둡시다!

나는 전혀 개의치 않는다. 그런데 쥐들은 굉장히 사회적인 동물이 아닌가. 지저분한 하수구에 단 한 마리의 쥐만 존재할 리 없다. 으레 수천 마리가 함께한다. 집단생활에 그렇게나 만족한다니, 쥐들이 서로 복작대며 살게 해줘야겠다!

그 파트너도 토레를 무상으로 얻는 셈이다. 어쨌든 난 더이상 토레를 거둘 생각이 없으니까. 아마 세상 그 누구보다 혐오하고 있을지도 모른다.

토레는 파트너 얘기를 들은 내 반응이 궁금한지 내 얼굴을 샅샅이 뜯어본다. 그리고 지금 이 순간, 사실 토레가 쥐와 굉장히 닮지 않았나 하는 생각이 든다.

확실히 닮았다.

자리에 서서 입을 헤 벌리고 있는 모습을 보니 양과 조금 더 닮은 것 같기도 하다. 양들이 저렇게 입을 자주 벌리고 있는지는 잘 모르겠지만. 아무튼 내가 하고 싶은 말은, 양들이 멍청함의 대명사라는 것.

입을 벌린 토레는 보면 볼수록 참 멍청해 보인다. 약간의 사악함도 묻어난다. 양과 쥐가 섞여 있다. 멍청함과 사악함이 동시에 공존할 수도 있는지 숙고하고 있는데 토레가 몸을 조금 앞으로 기울인다.

그렇게 서서 역겨운 눈빛으로 토레를 노려본 지 얼마나 됐을까. 분명 적어도 5분 이상은 흐른 것 같다. 하지만 뭐라고 할 말이 없다. '다시 말해줄래?', '뭐라고?'. '잘 못 알아들었어.' 같은 말들은 그다지 도움이 안 될 거다.

그러다 내 꼬락서니에 생각이 미친다. 틀림없이 토하고 싶은 표정일 거라는 사실을 그제야 인식한다.

얼굴로 역겨운 심정을 표현해버린 것이다. 엄청 못생겼을 텐데. 토하기 직전의 얼굴이 멀쩡할 리가 있겠나.

이렇게 내 속을 뻔히 드러내며 있을 순 없다. 평정을 되찾아야 한다.

"그거 참 끝내주게 잘됐네."
마침내 입을 열고 계산대를 꽉 붙잡는다

"어떤 식으로든 친구가 있다는 건 좋은 일이야. 그렇게 여기저기 별 볼 일 없는 관계를 만들어두면 편하지. 암."

"별 볼 일 없다니, 정말로 진지한 사이야."

토레가 짜증을 낸다.

"그래, 지금은 그런 관계구나. 진지함에도 단계가 있다면 그럴 수도 있겠지. 나 같은 경우 맘만 먹으면 새로 시작할 수 있거든. 개인적으로 지금 자유로운 솔로라서 되게 행복해. 네가 이해할지 모르겠지만, 굉장히 자유롭거든. 내가 원하기만 하면 언제라도 새롭게 시작할 수 있다니까. 멋지지."

너무 나불댄 것 같다. 성급했고, 지나쳤다. 불현듯이 내가 내뱉은 말들이 파도처럼 밀려들자 실제로 쏟아내지 말고 안으로 삼킬 걸 그랬다는 후회가 밀려든다.

"그렇구나. 새로 시작한다고?"

"그래, 언제든지!"

"여기서 일하는 건 괜찮아? 물론 좋겠지, 그런 잡지에서…… 근사한 사람들이랑."

토레가 평소와 다르지 않게 멍청한 양처럼 말한다.

기가 차서 절로 비웃음이 나온다.

"아하, 관심병 환자들 말이구나. 아기를 그런 식으로 이용하다니, 좀 너무하더라. 진짜 토할 뻔했어."

그러자 토레도 같은 생각을 하는 것 같다. 굉장히 구역질 난다는 듯 나를 쳐다본다.

"그건 관심 받으려고 한 행동이 아니야. 너 바보야?"

"바보는 내가 아니고. 아무튼 아이를 가졌답시고 나체로 걸어 다닌 영문을 모르겠어. 그 말을 하고 싶을 뿐이야. 노출은 불필요했어."

"중요한 문제니까 그렇지."

토레는 정말 이상하게 열을 낸다.

"그런 문제는 그 어떤 수단도 가릴 수 없는 법이야."

"중요한 문제?"

나는 가소롭다는 듯 미소 지으며 토레를 쳐다본다.

"그 젊은 애 엄마한테 무슨 관심이라도 있나 봐?"

나는 여기서 가소롭다는 미소를 안쓰러워죽겠다는 미소로 바꾼다. 내가 저를 미련하고 우스운 놈이라 여긴다는 것을 알아주길 바라는 마음에서. 애송이 같으니라고.

토레는 나를 죽일 듯이 쏘아본다. 점점 더 이상하다는 생각이 든다.

"입 닥쳐! 잉가는 내 파트너야!"

침을 뱉듯이 쏟아낸 그 말에 앞으로 적어도 두, 세, 네 달치 식욕이 와장창 박살 나버린다.

그러니까, 윽, 얘가 잉가를 임신시켰다는 거야?
윽, 젠장, 윽

입에서 구역질이 날 만큼 메스꺼운 맛이 느껴진다. 이번에는 진짜 토하지 않곤 못 배긴다. 말이 그렇다는 게 아니라 정말 치밀어 오르는 욕지기를 꿀꺽 삼킨다. 이보다 끔찍하고 역겨울 수가 없다. 내 앞에 서 있는 그놈, 토레는 이제 그냥 애송이로도 모자라 태아 수준으로 보인다. 그러다 별안간 아랫도리에 달린 물건 하나로 퇴화한다. 처음엔 쥐로, 그다음엔 거시기로. 그다음엔 뭘까?

내가 알 리가 있나.

토레가? 내가 피임약을 먹었다는 확신이 들기 전까지 아랫도리를 함부로 휘두르지 않던, 그 토레가?

자리에 서서 한 마리의 쥐, 토레를 바라보며 짧게 명상의 시간을 가진다. 그리고 한 번 더, 정신이 맑아지도록.

그냥 잠깐 호흡을 가다듬으며 휴식을 취한다.

제대로 된 호흡은 불가능했지만.

목구멍에 뭐가 턱 걸려 있다. 아니, 가슴속에. 괴롭다.

그게 뭘까? 머리카락 뭉치?

대충 그런 거겠지.

'그런 괴짜를 다 만나는구나?'

"벌써 서로 인사했나 봐요."

목구멍까지 차오른 말을 어느새 끼어든 잉가가 가로챈다.

"네, 했어요."

나는 싱긋 웃으며 대답한다. 나답지 않은 행동이다. 약간 취한 게 분명하다. 아니면 지금 이 별난 장소와 환경의 영향을 받아서 그럴지도.

"토레, 내가 전에 말했던 그 사람. 기억하지?"

잉가가 토레에게 눈썹을 찡긋하며 눈짓을 한다. 도대체 무슨 얘기를 했다는 건지, 괜히 궁금해진다.

토레는 마치 곧 심장마비를 일으킬 사람 같다. 그제야 무언가 이해된다는 기색이다, 말하자면.

"토레랑 저는 알고 지낸 지 꽤 됐어요."

나는 토레에게 일어난 심장마비가 무탈하게 계속 진행되기를 바라며 귀띔한다.

잉가가 나를 불쌍하게 바라본다.

"아유, 그랬어요?"

또한 나를 어지간히 애 취급 한다. 아주 틀린 말은 아니다.

나는 그렇게 나이 들지 않았으니까.

"어어……."

토레가 안절부절 말끝을 흐린다.

"정말이야, 토레? 전부터 알던 사이?"

잉가가 궁금한 듯 묻는다.

"으응."

"우리 아주 잘 알던 사이잖아, 토레."

나는 이쯤에서 계산대 너머로 몸을 기울여 토레의 뺨을 꼬집는다. 일종의 도발이다. 평상시라면 그러지 않았겠지만, 이미 일은 벌어진 상태고 상황은 일순 뒤집힌다.

"아기가 생겨서 좋겠어요."

술기운에 조금 딸꾹거리며 잉가의 배를 가리킨다.

"귀엽겠네요."

"잠깐 나 좀 봐, 정말 서로 아는 사이야?"

잉가가 토레를 닦달한다. 뭔가 이상한 낌새를 눈치챈 게 확실하다.

토레가 할 말을 잃고 헛기침을 토해낸다. 그리고 성가신 모기를 마구 뭉개 죽이고 싶은 눈빛으로 나를 째려본다. 그러고 보면 토레는 늘 좀 사이코패스 같은 면이 있었다.

"그게……"

이번에는 토레 목구멍에 머리카락 뭉치가 걸려 있나 보다. 잠시 목을 가다듬더니 웅얼대며 털어놓는다.

"전에 사귀던 애야."

"사귀어? 저 사람이랑?"

잉가가 작게 웃음을 터뜨리며 나를 가리킨다. 그리고 순식
간에 그 웃음이 싹 가신다.

이제 잉가가 토할 차례다.

잉가는 지독한 환멸을 느낀다.
제1차 세계 대전 이후 많은 작가들이 그랬던 것처럼
(출처: 각종 영문 도서)

"토레, 대체 무슨 소릴 하는 거야?"

잉가가 격렬한 감정을 억누르며 나지막이 속삭인다. 충격이 심한 모양이다.

"행복한 순간들을 함께했죠. 그렇지만 이 세상에 영원한 건 없더라고요."

나름 시적인 표현까지 쓰며 슬쩍 끼어든다. 눈에 훤히 보이는 저들의 끝을 콕 집어주려는 의도에서.

그러나 유감스럽게도 나는 지금 투명 인간이다. 목소리도 잃은 상태다.

잉가가 토레만 죽어라 쳐다보고 있기 때문이다.

받아들이지 못하는 것이다. 이른바 사회적 공감대를 얻어낼 본인의 작품에 이바지한 파트너인데. 황당한 마음을 숨길 여유도 없어 보인다. 그리고 잉가는 콧대가 높다. 외향적이라든가 무대 체질이라든가 하는 온갖 좋은 수식어들은 둘째 치더라도.

다시 말해 환상이 깨진 거다. 나와 함께 아이를 만든 이놈은 정체가 뭘까? 왜 하필 이런 놈의 아이를 가졌을까?

쌤통이다.

사실은 그렇다. 자선사업의 일환으로 불우 이웃 취급을 받는 건 아무래도 쓰라린 일이다. 하지만 지금 같은 상황, 이렇게 애석한 상황에서는 오히려 전화위복이 되어준다.

나와 토레의 관계가 잉가로 하여금 토레를 다시 보게 만든 셈이다. 안 좋은 방향으로. 나도 거기에 기꺼이 동참하고 싶은 마음이다.

그때 잉가가 이를 갈며 속닥인다.

"토, 레. 저 여자는…… 지진아잖아!"

"저기요!"

방금 그 말에는 절대로 동참하고 싶지 않다. 그러니까 일을 하면서 어느 정도 무능력자라는 소리를 듣는 건 참을 만하다. 그런데 지진아라니? 나는 당장 거세게 항의하려고 마음먹지만 유감스럽게도 내 말을 들어줄 사람이 없어 보인다. 할 수 없이 잉가가 질투에 휩싸이는 꼴을 보며 흥분을 가라앉힌다.

"대체 왜!"

잉가의 목소리는 더 이상 여성스럽게 높고 가느다랗지 않다. 오히려 어설픈 남자 목소리 같다.

"왜 저런 여자랑 사귄 거야?"

"모르겠어, 나도."

토레가 꽤나 당황스러워하다가 나를 가리키며 말한다.

"아 진짜…… 쟤는 정말 속을 알 수 없는 애라고."

잉가와 토레가 가버린다

뒷방으로. 당장 같이 뒹굴 생각은 없어 보인다.

혼자 남겨진 나는 언제나처럼 계산대 뒤에 우두커니 선다. 그리고 얼떨떨한 채로 앞에 있는 사람들에게 맥주 몇 병을 따서 건넨다. 맥주를 기다리고 서 있는 것 같았기 때문이다.

몇 분 후 나는 그만 깜박 잊고 맥주 값을 받지 않았다는 걸 알아차린다. 그러든지 말든지. 이 정도 손해는 감안해주겠지.

안경을 낀 익숙한 면상이 입가에 커다란 웃음을 달고 다가온다. 안경이다.

기분이 확 좋다거나 그렇지는 않다.

나는 억지로 이야기하는 성격도 아닌 데다 가끔은 아예 대화 자체가 싫어지기도 한다. 특히 강제로 대화를 하고 난 뒤에는 더더욱.

그런데 안경은 아주 맹렬한 기세로 돌진해 오더니 계산대 위로 몸을 숙인다.

"제 안경에 김이 서리기 시작했어요!"

그대로 서서 멍하니 안경을 응시한다. 그래서 나보고 어쩌라는 건지.

"지금 이거, 작업 거는 거예요?"

삶에 찌들어 지친 목소리로 나는 묻는다.

"네?"

"이쯤에서 그만하시라고 해야겠네요."

한숨을 폭 쉬며 말을 잇는다.

"전에도 이런 적 있었거든요. 다들 괴상한 말을 늘어놓기나 하고. 어쨌든 저는 요만큼도 정사를 벌일 생각이 없다고 말씀드리고 싶네요, 제 말을 이해하실지 모르겠지만요."

"정사라니요?"

그렇게 말하는 안경의 안경알에는 확실히 김이 조금 서려 있다.

"말 그대로예요."

나는 고개를 살짝 비튼다.

"전에는 순진하게도 그런 함정에 빠지고 말았죠. 다시는 안 그래요. 말하자면……"

"정사의 함정에요?"

"그래요, 좋을 대로 부르세요. 아무튼 저는 관심 없어요."

"그렇군요, 그런데 저는 아까 그 공연 얘기였어요. 안경에 김이 서린 거요. 아마도 전 부끄럽고 그랬나 봐요."

"그래요?"

"으음……."

"그건 몰랐네요."

"이건 작업 거는 게 아니에요."
무려 세 시간 뒤에 안경이 말한다

"그런데 제가 탈 택시가 지금 밖에 있으니까, 당신도 타야 해
요. 같은 방향이니까요."

나는 너무 피곤해서 당장 쓰러지기 일보 직전이다. 이대로
라면 분명 정사의 함정에 빠질지도 모른다.

그러나 내 방어 체계는 폭삭 내려앉은 상태다.

택시에 몸을 싣는다.

그리고 잠자리에 든다

마치 80일 내내 잠들지 못하고 깨어 있는 기분이다. 홀러덩 옷을 벗고 침대로 뛰어든다.

베개에 머리를 누이고 스스로에게 다짐한다. '토레는 개자식이고 너는 강한…… 아니, 잠깐. 독립적인…… 아니지, 아주 그렇진 않고, 그냥 적당히 그런 여자고…… 그러니까 절대 어리석지 않아.' 머릿속으로 읊조린다. '너는 절대 지진아가 아니야.'

막 잠에 빠져들려는 찰나.

그 순간 누군가 쾅쾅 문을 두드린다.

문을 두드리는 행동은 요즘 흔하지 않다. 대도시에서는 아무도 문을 두드리지 않는다. 대부분의 사람들이 공동주택에 살고, 건물 안으로 들어오려면 일단 초인종을 눌러야 하기 때문이다.

생각해 보니 이런 일은 처음이다. 그동안 한 번도 저 문을 두드린 사람이 없었다.

그것도 한밤중에. 게다가 나는 실오라기 하나 걸치지 않은 상태. 아무래도 연쇄살인범이라고 생각할 수밖에 없다.

노크 소리를 무시하기로 결심하고 귀를 닫는다.

그러나 두드리고 또 두드린다.

누군가 고함치는 소리까지 들려오기 시작한다.

굵은 남자 목소리.

결국 포기한다. 운동복 바지를 꿰어 입고 스웨터를 걸친 다음 문 쪽으로 향한다.

문을 열면서 몸에 힘을 들이고 여차하면 남자를 뒤로 밀쳐 낼 수 있게 준비한다. 연쇄살인범일 경우를 대비해서.

"새끼 쥐들이 전부 우리를 탈출했어요!"

나는 밖에 서 있는 형체를 바라본다. 안경을 쓴 매우 익숙한 형체를.

"……네? 새끼 쥐를 길러요?"

"서른여덟 마리요."

안경이 절망에 휩싸여 있다.

"집 안 곳곳을 들쑤시고 돌아다니는데 더럽게 날쌔요. 빨리 잡지 않으면 밟아 죽일지도 몰라요!"

"어……"

딱히 할 말이 떠오르지 않지만 억지로 천천히 입을 뗀다.

"왜 쥐를 서른여덟 마리나 길러요?"

"그냥 애완용으로요. 아무튼, 빨리요!"

나는 몇 초간 안경을 응시한다.

"있잖아요. 저는 무작정 도움을 요청해도 되는 사람이 아니거든요, 이해하실지 모르겠지만요."

"괜찮아요. 빨리요, 빨리!"

"저는 실무 능력이 전혀 없는 사람이라서요."

그러나 안경이 내 스웨터를 잡아 끄는 바람에 그만 입을 다물고 만다.

안경의 집은 내가 사는 집과 거의 비슷한 구조로 보인다. 물론 실내 장식을 제외하고. 그로 인해 그 집은 완전히 다른 분위기를 자아내고 있다.

그리고 나는 쥐 잡기에 꽤나 소질이 있다는 사실을 새로이 발견한다.

정확히 스물세 마리를 잡아낸다.

"만약 당신이 쥐로 태어났다면, 어디에 숨고 싶겠어요?"

나는 소파 쿠션 밑을 바라보며 설명한다. 조그마한 새끼 쥐 한 마리가 웅크리고 있다.

"그렇게 생각해보면 쉽죠."

재빠르게 도망치려는 쥐들을 집어 올려 가볍게 토닥거린 다음 우리 안에 내려놓는다.

안경은 겨우 열다섯 마리를 잡아낸다. 그리 잽싸지 않다.

"이걸로 전부 서른여덟 마리예요!"

안경이 환호한다.

"쥐들을 이렇게 잘 다루는 사람은 처음 봐요."
안경이 말한다

굉장히 감탄하는 눈길로 쳐다본다. 어색하다.

그래서 어색하게 웃어 보인다. 새끼 쥐를 쓰다듬으며 품으로 끌어당긴다.

칭찬을 받은 것 같다. 이런 기분은 난생처음이다.

"그런가요? 그냥 옛날로 돌아갔다, 하고 생각하면 돼요."

안경이 나를 이상하게 바라본다.

"아니에요. 다른 사람들은 전부 쥐를 무서워하는걸요. 단지 쥐라는 이유만으로요."

"그래요? 흑사병 때문에요?"

"네."

한숨을 푹 내쉬는 안경은 흑사병 얘기로 매우 상심한 것 같다.

"쥐들의 평판이 유린당한 건 그 일 때문이에요. 사실 자기들이 입는 모피에서 나온 벼룩이 전염원이었거든요. 그런데 누구도 그 얘기는 입도 뻥긋 안 해요!"

안경이 벌컥 화를 낸다. 얼굴이 새빨갛다.

"그러게요."

나는 내 스웨터 단추에 주둥이를 비비는 쥐를 내려다보며 고개를 끄덕인다.

　"이렇게 들어보세요."

　우리는 각자 쥐 한 마리씩을 데리고 함께 앉는다. 실제로 보니 쥐는 확실히 귀엽다. 오직 쥐인간들이 혐오스러울 뿐이다. 왜 다들 혐오스러운 인간을 쥐에 빗대는지 모르겠다. 엄밀히 말해서 그건 욕이 아니다. 그러니 나는 이제부터 그렇게 부르지 않겠다고 마음먹는다.

다 꿈이었다

다음 날 아침 눈을 뜨자마자 그런 생각이 든다. 스물세 마리 쥐를 잡은 기억은 확실히 현실이었다고 믿기 어렵다. 이 꿈을 분석하기에 앞서, 최근에 쥐에 너무 정신이 팔려 있지 않았나 생각한다. 그래도 안경 생각은 그다지 많이 하지 않았는데…… 꿈이란 게 원래 기묘한 것이니 그러려니 한다.

그러나 막 꿈풀이를 시작하려던 그때, 속에서 소리 없는 비명이 터져 나온다.

내 침대는 이렇지 않다!

침대가 더블베드로 바뀌어 있고, 집 안에는 낯선 장식들이 들어차 있다.

집이 아니다. 꿈이 아니다.

안경의 침대에서 잤다. 옆에서 고른 숨소리가 들린다. 안경이 내 옆에서 자고 있다.

급히 이불을 들춰 보고 치밀어 오르는 구역질을 겨우 참는다. 나는 헐벗은 상태다. 나체로 안경의 침대 위에 있다.

서서히 정신이 돌아온다. 더 정확히 말하자면, 안경의 성기를 보니 정신이 돌아온다. 나는 안경과 잤다.

허둥지둥 일어나 주변을 더듬대며 내 옷가지로 추정되는 세 벌을 찾아낸다. 스웨터를 꿰어 입으니 뒤늦게 거꾸로 입은 꼴이 눈에 들어온다. 전속력으로 바지까지 추켜올리고 슬금슬금 문 쪽으로 향한다.

그러나 곧 걸음을 멈추고 만다.

"가게요?"

침대 위에서 잠이 덜 깬 안경이 콧소리를 내며 불쑥 말을 건다. 잠귀도 참 밝다. 어쩌면 얕게 잠드는 체질인지도.

"……그러는 게 좋을 것 같아서요."

"그렇군요."

안경이 안경을 끼지 않은 얼굴을 이불 속에서 천천히 들어 올린다(잘 때는 역시 안경을 벗는 모양이다).

"그래도 쥐들이 보고 싶으면 언제든지 올라와요."

"네, 나중에요."

쥐 우리가 있는 쪽을 한번 건너다본다. 사실 안경이 기르는 쥐들은 마음에 든다. 하지만 슬그머니 발을 뺀다.

"시간이 날지 아무래도 장담은 못 하겠네요. 다음에 얘기해요. 일단 달력을 확인해봐야 하거든요."

"꼭이요. 그냥 잠깐 산책 온다고 생각해요. 오늘 쉬는 날이잖아요, 저녁에 시간 있죠?"

"헤헤, 달력 좀 보고요."

"달력이 뭐래요?" 안경이 묻는다

그날 저녁, 안경은 기어코 다시 문을 두드린다.

"와플을 좀 만들었는데요, 너무너무 많이 만들어버린 거 있죠?"

"와플을 만들었다고요?"

나도 모르게 피식 실소가 새어 나온다.

"그런 건 80대는 돼야 생기는 취미 아니에요?"

"글쎄요, 어쨌든 좋지 않아요?"

"그렇긴 하죠."

고개를 끄덕이는 동시에 어깨를 으쓱해 보인다. 이런 행동을 바로 자가당착이라고 하지 않나 싶다.

"그래서, 시간 있어요?"

솔직히 지금 나는 화들짝 놀란 상태다. 안경이 문을 두드리는 순간까지도 침대에 누워 천장을 멍하니 올려다보던 중이었다. 집으로 찾아오리라고는 상상도 못 했다.

"달력 좀 볼게요."

조금 주저하며 대답한다.

"네, 어서 보세요."

유감스럽게도 안경은 꼼짝 않고 자리에 서서 나만 가만히 쳐다본다. 내가 열심히 달력 찾는 시늉을 하는 내내 입가에 미소를 띄우고 뚫어져라 날 바라본다. 문제는 이 집에 달력 따위는 존재하지 않는다는 것.

안경이 안경알 너머의 나를 똑바로 응시하는 동안 나는 부엌 식탁과 침대, 집 안 여기저기를 살핀다. 그러나 워낙 텅텅 비어 있는 공간이라 물건을 숨길 만한 장소도 그다지 많지 않다. 끝내 두 손을 든다.

"누가 훔쳐 갔나 봐요."

공연스레 창피한 마음에 허탈한 웃음만 실실 흘린다.

안경이 더 진하게 미소 짓는다.

아마 내게 아무런 계획이 없다고 여기는 게 분명하다. 실제로 계획이 없는 건 맞다.

그렇다고 같이 위층으로 가는 게 좋은 생각 같진 않다. 안경과 함께하는 건 좋은 생각이 아니다.

곰곰 생각해보면(나는 생각한다. 안경을 우두커니 바라보며 필사적으로 생각한다) 답은 결국 하나다. 안 좋은 끝, 그것뿐이다.

물론 그 안 좋은 끝이 언제 일어나는지는 쉽게 알 수 없다. 틀림없이 일어나고 말 테지만, 언제 일어날지는 모른다. 마치 어떤 사람에게 이런 말을 들었을 때와 같은 심정이다. '너를 반드시 죽일 거야. 대신 언제인지는 안 가르쳐줘.'

아주 거지 같은 조건이다. 평생 살해 위협에 시달리며 살아가야 한다니, 얼마나 괴로울까!

"안 되겠어요."

마침내 그렇게 전한다.

안경의 얼굴에서 미소가 사라진다. 그러고는 아무 말도 하지 않고 조용히 서 있기만 한다.

"……안 되는군요."

어딘가 조금 부자연스러워 보인다.

안경이 자리를 뜬다.

백번 잘했다

내가 할 수 있는 유일하게 옳은 행동이었다.

분별 있는 선택을 했다. 내 또래 여자애들은 나처럼 행동하지 못한다. 그동안 관찰한 바에 의하면, 특히 나이가 어린 소녀일수록 어리석은 선택만 하며 살아간다.

구글에서 이혼 변호사들을 검색해본다. 내가 제대로 처신한 건지 확인하고 싶어서다. 그리고 스스로가 참 대견해서 웃다가 눈물이 다 나온다. 한 사람도 빼놓지 않고 전부 미친 듯이 비싸다. 변호사를 쓰지 않는 편을 장려해야 할 정도다. 그러나 내 경우 그러한 상황에서 평정을 유지할 수 있을 리 없다. 혹시 내가 이혼을 하게 된다면 변호사가 한두 명쯤 필요할 거라 확신한다.

그 말은 즉, 내 사전에 이혼이란 없어야 한다는 뜻이다. 전에 언급했던 대로 나는 무능하다. 유감스럽게도 절대 돈을 벌 수 없을 거다. 변호사를 사기에 충분한 돈 말이다.

따라서 나는 평생 결혼도 못 할 거다.

홀가분한 미소를 띄우며 침대에 드러눕는다. 아주 올바른 선택을 했다.

누군가는 그냥 지레 겁먹고 선수 치는 게 아니냐고 할 수도 있다.

보다시피 그 말이 맞다. 그러나 내게는 진실을 미리 내다본 죄밖에 없다.

그러니 잘한 일이다.

이것이 현명하게 살아가는 나만의 방식이다.

장담하는데, 세상에 나만큼 똑똑한 사람, 또 없다.

침대 위에서 몸을 비틀며 고뇌한다

좀 이상하다.

내 주변 사람들, 그러니까 세상 모든 사람들은 비참한 끝이 뻔히 보이는데도 그만두지 않는다. 훗날 취업과 무관할 교육을 열심히 받기도 하고, 상처만 주고 떠날 사람을 사귀기도 한다. 결혼해서 아이도 가진다. 이 정도 설명이면 충분하지 않을까?

도대체 왜, 그 모든 일들이 종내 지옥으로 떨어지는 과정이라는 사실을, 나 한 사람밖에 모르는 걸까?

왜 다들 지옥 불구덩이로 뛰어드는 걸까?

몸을 다섯 번 더 뒤튼다.

불쾌한 생각이 대뇌피질 속 어딘가에 콕 박혀 있다. 떨쳐내려고 애쓴다.

과연 그게 가치 있는 일일까?

아니다

나는 무언가 터득할 수 있을 만큼 인생을 살아왔다. 세상 이치를 많이는 아니더라도 어느 정도 이해하고 있다는 소리다.

삶은 사람들과 엮이지 않아야 비로소 순탄해진다.

사람들은 언제나 응시한다. 알고 싶어 한다. 당신이 누구인지 궁금해한다. 불쾌하기 짝이 없다.

마음을 가라앉힌다. 그러나 말처럼 쉽지 않다. 도저히 잠들 수 없으니 말이다. 아무튼 일요일 내내 침대에 누워 심신을 다스린다. 그리고 월요일, 이제 침대에서 일어나 출근을 해야 한다.

그래야 하기 때문이다. 삶의 공이란 마음대로 통제할 수 있는 게 아니다.

간이식당에 다다르고 보니 더 이상 간이식당은 간이식당이 아니다. 문자 그대로다. 원래대로라면 회색 벽면에 '간이식당'이라고 하얀 글자가 크게 붙어 있어야 한다. 지금은 'ㄴ'자만 약간 비스듬히 내려앉은 채 걸려 있다. 일부러 그렇게 달아놓은 것 같다.

출입문으로 다가가 창문 너머를 들여다보니 사람들로 가

득하다.

자세히 보니 모두 젊다. 그 언젠가 간이식당이었던 공간에 지금은 젊고 능력 있으며 앞길 창창해 보이는 청년들이 맥북을 하나씩 끼고 앉아 있다.

슬며시 문을 열고 들어간다.

동시에 안에 있던 모두가 돌아본다. 나를 빤히 응시한다.

"나 참, 아주 딱 맞춰 오네요?"

계산대 가까이에 앉아 사방으로 시야를 확보하고 있던 잉가가 입을 연다. 더 이상 동정심 가득한 목소리가 아니다. 증오를 여과 없이 드러낸다.

"네, 제시간에 오지 않았나요?"

"몇 분 정도는 일찍 오는 게 기본이죠."

이어서 가식적인 미소를 지어 보인다.

"어찌 됐든, 일이나 시작해요. 다들 여기서 잠깐 작업할 예정이니까요, 무슨 말인지 알죠? 음료는 비는 대로 바로바로 채워 넣고요. 그럼 주문 받고 준비해요."

"……."

내가 아무런 대답도 하지 않자 잉가는 영문을 모르겠다는 듯 눈을 동그랗게 뜬다.

"알아들었어요?"

그러고서 젊고 앞길 창창한 맥북 소지자들에게로 시선을 돌린다. 다들 여전히 이쪽을 주목하고 있다.

"이 친구는 이렇게 시간이 좀 걸린답니다, 이해합시다."

젊은 청년들이 일제히 웃음을 터뜨린다.

몇몇이 커피를 달라고 외친다.
몇몇은 스무디를 주문한다.

깜깜한 구멍 안으로 가라앉고 싶을 때가 많다

안타깝지만 실제로는 불가능한 일이다.

젊은 청년들은 지치지도 않고 틈만 나면 나를 주시한다. 내가 무언가 실수를 하면 특히 더 그런다.

나는 끊임없이 실수한다.

안경에게 딱딱한 웃음을 지어 보인다

유감스럽지만 그렇게밖에 표현할 길이 없다. 딱딱한 웃음. 안경은 문 앞에 서서 놀란 눈으로 나를 바라본다. 그래서 딱딱하게 웃어 보일 수밖에 없다. 내가 할 수 있는 유일한 행동이다. 어쩌면 제대로 고민해보지 않고 여기까지 온 건지도 모른다. 그러나 나는 일이 끝나고 집에 돌아오자마자 줄곧 침대에 누워 천장을 바라보며 그 생각만 했다. 그렇게 몇 시간 내내 안경을 찾아갈까 말까 망설였건만 막상 지금 와서 생각해 보니 별 보람도 없다. 초인종을 누르고 안경의 집 앞에 서 있는 이 상황이 굉장히 부자연스럽다. 매우 어색하다.

"오늘은 시간이 나서요."

최대한 사무적으로 이야기한다.

안경은 왠지 조금 피곤해 보인다.

"그런 것 같네요……. 좀 늦은 시간이지만요. 실은 자고 있었거든요."

"늦었다고요?"

그 생각은 미처 못 했다. 사람들과 교류가 너무 없으면 이런 불편함이 생기기도 한다. 시간 관념이 없어지는 거다.

"네. 그렇지만…… 어, 저 이제 잠 다 깼어요. 얼른 들어오세요."

나는 그대로 문 앞에 서서 움직이지 않는다.

"저, 그냥 하나 궁금한 게 있는데요."

"뭐요?"

"제가 들어가든 말든 당신한테는 한낱 하잘것없는 일, 맞죠?"

내 말에 안경이 눈을 활짝 뜬다. 안경알 아래로 들여다보이는 눈동자가 무척 커다래져 있다.

"저는 당연히 기쁠 거예요."

"제 말은요……"

나는 조금 불편하게 웃으며 말을 잇는다. 정말로 조금 불편한 기분이다.

"그러니까 제 말은, 제가 들어가든 말든 문제 해결에 아무런 영향도 없는 거죠?"

"도대체 어떤 문제를 말하는 거예요? 구체적으로요."

"당신 인생이 걸린 문제요."

손가락을 척 들어 보이지만 공교롭게도 안경이 쓰고 있는 안경을 떡 하니 가리키는 꼴이 된다. 의도한 바는 아니었지만 어쨌든 시력 저하 역시 인생이 걸린 문제가 되기에 충분할 거다.

"저는 그 어떤 문제도 해결해 드릴 수 없어요. 그걸 꼭 아셨으면 좋겠어요."

"네, 저도 그렇게 생각해요."

"네, 그리고 그건 당신도 마찬가지고요. 슬프지만 사실인 걸요."

마침내 나는 안으로 발을 내딛는다. 무척 만족스러운 대화였다. 이로써 우리는 각자의 공간에 발을 들여놓든 말든 그것이 아무런 의미도 없다는 데 동의한 셈이다.

안경과의 대화

믿거나 말거나 안경과 나는 이 늦은 시각까지 함께 이야기를 나누는 중이다. 원래 나는 말을 많이 하려고 애쓰는 사람이 아니다. 반면 안경은 그런 성격인 듯하다. 그리하여 대화가 이어진다.

아까 진지한 대화를 마치고 내가 처음으로 꺼낸 말은 '헤헤'였다. 말이라기보다 썩 편치 않은 심정을 내비치는 감탄사에 더 가깝다고 할 수 있다. 안경의 집에서 같이 소파에 걸터앉아 있는 이 상태가 자못 편치 않았다. 대관절 나는 무엇 때문에 여기까지 온 걸까, 하고 찬찬히 고민하던 찰나.

안경이 상념에 잠겨 있던 나를 깨웠다.

"쥐 한 마리 데려올래요?"

"아, 네. 좋아요."

소파에서 벌떡 몸을 일으켰다.

쥐를 데려왔더니 마음이 한결 편해졌다. 이러나저러나 쥐들은 실제로 아주 쓸 만한 대화 소재가 된다.

더 이상하게 들릴지도 모르지만 일 얘기도 그랬다.

안경은 가전제품 상가에서 일하며 냉장고나 전자레인지

를 팔고 있다. 그런데 본인 스스로 판매 능력이 너무 형편없다고 여긴다. 또한 제품들의 변천사를 기사로 써보려 했으나 그 어떤 제품도 제대로 정의할 수 없어 포기한 상태란다. 지금은 오직 냉장고 담당으로 노선을 변경한 모양이다.

"그런데 냉장고를 소개하려고 보면 종류가 너무너무 많아서요. 어떤 제품이 가장 좋은지 전혀 모르겠는 거 있죠. 저한테는 다 그게 그거로 보이거든요."

"그럴 땐 꼼수를 약간 써야 하는 법이에요. 그냥 가장 좋은 걸 하나 찍으세요. 예를 들면 가장 비싼 거요."

"그렇지만 가장 비싼 제품은 정말 더럽게 비싼걸요. 그래서 저는 가장 저렴한 제품들을 보여드리곤 해요."

안경이 잠시 말을 멈추고 조용해진다.

"그래서 사장님이 저를 쫓아내고 싶어 하는 것 같아요."

"네? 설마요."

안경의 말에 갑자기 흥미가 동한다. 나도 어느 정도 공감할 수 있는 이야기이기 때문이다. 우리 사장, 그러니까 임신한 여사장은 나를 지진아라 여긴다. 그게 꼭 나를 내쫓고 싶다는 의미인지는 잘 모르겠지만, 그럴 가능성이 아주 없는 것도 아니다. 그리고 다른 사장은…… 도저히 뭐라 표현할 길이 없다.

"정말이에요. 계약 기간이 아직 남아 있어서 애석해하고 있을 거예요. 그리고 제가 가게 돈에 손대지 않는 것도요. 저를 확 잘라버릴 수 없으니까요."

"그럼요, 받을 건 받아야죠."

가슴 절절히 동감하며 목소리를 높인다.

"얼마든지 미워하라고 하세요. 그래 봤자 자르지도 못할 테니까요. 우리한테는 계약서가 있다고요!"

이건 확실히 내게 사활이 걸린 문제다. 계약서는 내가 매달릴 수 있는 유일한 동아줄이다. 철저히 금전적인 면에서.

안경은 지금의 처지를 그럭저럭 받아들이는 기색이다.

"언젠가 더 나은 데로 갈 수 있을 줄 알았어요."

"원래 누구나 다 그렇게 생각해요. 그런데…… 나이가 들면 사실은 그렇지 않다는 걸 깨닫는 거죠."

세상 다 산 사람처럼 침울하게 한숨을 푹 쉰다.

"세상에, 당신은 누가 봐도 아직 젊어요. 벌써 포기한 거예요?"

안경이 빙그레 웃는다. 뭐가 재미있어서 웃는 건지 모르겠다. 울컥한다.

"당연하죠. 이 세상에서 '어리다'보다 더 나쁜 말은 없어요."

나는 '어리다'라는 단어를 힘주어 말하며 따옴표를 붙인 듯 강조하는 티가 나도록 세심하게 신경 쓴다.

"왜요? 저는 나이 먹고 만성 폐질환까지 앓고 있는 게 더 나쁘다고 생각하는데요, 예를 들자면요."

"바로 그거예요. 우리가 곧 그렇게 되는 거잖아요. 별로 큰일은 아니지만요."

"그러니까 당신은 나중에 만성 폐질환에 걸리니까 젊은 게 싫다는 거예요?"

"만성 폐질환, 암, 콜레라······"

어깨를 살짝 으쓱해 보인다.

"좌우지간 위기는 닥쳐요."

이 말을 뱉자마자 나는 왠지 생소한 기분에 휩싸인다. 내가 살면서 '좌우지간'이라는 단어를 쓰게 될 줄은 꿈에도 몰랐다. 콜레라도 그렇지만.

"좌우지간 위기는 닥친다고요?"

멍하게 입을 벌린 안경은 내가 무슨 소리를 하는지 전혀 감을 못 잡는 기색이다.

한숨이 절로 나온다. 대부분의 사람들은 내 페이스를 따라오질 못하니 차근차근 설명해줘야 한다.

"당장 죽을병에 걸렸다는 건 아니고요. 부모님도 두 분 다 살아 계세요. 무슨 소린지 아시죠?"

"어어······."

"사는 게 다 그렇죠."

사실 모두 그렇진 않다는 말은 그냥 속으로 삼킨다.

"객관적으로 봤을 때 저는 어리고 멀쩡해 보이겠죠. 슬슬 주름이 생기기 시작했다는 점만 빼면, 뭐."

"그렇군요, 정말 멋진데요."

"하지만 동시에 아니에요."

"아닌가요?"

"제 앞에 펼쳐진 전부가요. 아직 아무것도 일어나지 않았어요. 이해하실지 모르겠네요?"

안경이 고개를 끄덕이더니 안경을 살짝 고쳐 쓴다.

나는 안심하고 하던 얘기를 이어나간다.

"저는 항상 모든 일이 끝나고 난 순간만을 바라며 살아왔어요. 가장 맛없는 빵 조각을 가장 먼저 먹어치우는 식으로요. 제 말, 이해하시는지 모르겠네요?"

"그럼요, 이해해요."

"지금은 그냥 닥쳐올 일들을 기다리고 있을 뿐이에요."

"그래요, 그래요."

안경이 이상한 말을 덧붙인다.

"하지만 그래서 차라리 다행이에요."

"대체 뭐가……."

갑작스레 이 모든 게 몽땅 실수처럼 느껴진다. 자기에게 고민을 털어놓으면 도움이 될 거라고 장담하는 사람들은, 정작 상대에게 어떤 고민이 있는지 짐작도 못 한다.

"전부 과거 속에 묻혀버렸을 수도 있잖아요. 미래가 두렵다는 말은요, 사실은 그만큼 희망이 있다는 뜻이에요. 과거에 모든 게 이미 다 끝나버렸다면 오히려 더 힘들었을 거예요. 그러면 당신 말대로 끝낼 수 있는 일이 별로 없을 테니까요."

안경은 그렇게 말하고는 깊은 생각에 잠긴 듯하다가 곧 고개를 몇 번 끄덕인다.

"미래는 꽤 괜찮을 거예요. 그냥 거기에 익숙해져야 해요."

나는 납득 못 하겠다는 의사를 표현하기 위해 안타까운 미소를 지어 보인다.

그러고는 안경의 어깨를 툭툭 두드린다.

"우리가 서로 동의하지 못한다는 점에 동의해야겠네요. 저는 미래가 원치 않는 팔자라고 생각하거든요."

안경이 안경알을 빛내며 뽐낸다

내 생각에 안경이 소름 돋을 정도로 유식한 말을 하는 건 아니다. 하지만 확실히 몇 번은 웃음이 터져 나오도록 재미있는 이야기를 들려준다.

그러다 무심코, 하루 종일 걸려 있었을 게 분명한 거울을 발견한다. 바로 눈앞에 보이는데도 지금까지 눈치채지 못했다. 그리고 그제야 나는 거울 속에 비친 내 얼굴을 제대로 들여다본다.

죽을 맛이다.

입가에 수줍은 미소를 띤 모습이 꼭 나사가 하나 풀린 사람마냥 멍청해 보인다.

얼굴이 힘없이 늘어져서 너무 못생겼다. 눈두덩이 아래로 축 처져 있다.

안경의 손 위에 기운 잃고 늘어진 거시기처럼 놓여 있던 내 한쪽 손이 그 즉시 뻣뻣해진다. 얼굴도 함께 딱딱해진다.

안경이 손을 내려다보고 고개를 들어 내 얼굴을 살핀다. 그리고 다시 거울을 건너다본다. 꼭 한 마리 새 같다(머리를 재빠르게 이리저리 움직여대니까).

"이런, 저 거울 떼버려야겠어요. 전부터 그럴 생각이었어요. 보면 알겠죠, 저긴 거울하고 하나도 안 어울려요."

그러고는 거울을 떼어낸다.

안경에 관한 얘기라면 할 말이 많다

예를 들면 안경을 끼는 사람이라고 말할 수 있다. 또한 키가 매우 작다. 행동이 어설프고 조금 샌님 같은 면이 있다.

　아직도 못다 한 말들이 남아 있다.

그래서 나는 안경을 찾아간다

2주 동안 정말 여러 번 안경의 집을 방문한다.

그렇다고 내가 정사의 함정에 빠진 것은 아니다. 알다시피 그런 데 처음 빠지면 무사히 벗어나지 못하는 법이다.

여하튼 일이 끝나면 매일 저녁 한 번 정도 안경의 집에 잠깐 들르곤 한다. 쥐들을 보살피려는 목적도 있고.

쥐들한테는 내가 필요하다. 안경이 있긴 하지만 안경은 남자다. 동물이나 다른 생물의 양육 문제를 남자의 손길만으로 감당하기는 분명 힘들 것이다.

그리하여 나는 매일 안경의 집으로 가서 내내 죽치고 있는다. 동물을 돌보고 수다를 들어주는 일은 꽤 피곤해서 미안해도 어쩔 수 없다.

삶의 공이 방향을 바꾸어 굴러간다

더 나은 방향으로.

오르막길로 굴러간다.

하지만 앞일은 아무도 모른다.

삶의 공이 어디에 있는지 신중히 생각하는 게 좋다. 올바른 방향으로 구르는지 주의 깊게 생각해야 한다.

문제는 없는지, 지금 정말 괜찮은지 잘 생각해봐야 한다.

어느 날 안경이 문을 열어주며 끔찍한 말을 한다

"쥐들은 곧 팔릴 거예요."

그러고는 조금 슬퍼 보이는 눈을 하고 말없이 나를 바라본다. 마치 방금 낳은 우리 딸을 입양 보내자고 말하는 사람처럼. 꼭 그런 느낌이다.

"무슨 소리예요?"

뜻밖의 상황에 목이 울긋불긋 달아오르기 시작한다. 곧 몸 여기저기로 퍼져나갈 게 분명하다.

"벌써 나이도 많이 들었고, 팔 수밖에 없어요."

"헤헤."

그새 나는 더욱더 시뻘겋게 달아올라 입을 연다.

"말도 안 돼요. 아직도 저렇게 조그만데요. 당신 말대로 사람들한테 쥐를 팔면 전부 동물실험에 쓰이고 말 거예요. 진짜 무책임하네요!"

"아니요."

안경이 나지막한 목소리로 대답한다.

"쥐들에게도 그 편이 더 좋을 거예요. 원한다면 한 마리 가져가세요."

"한 마리요?"

외마디 비명이 터져 나온다.

"서른일곱 마리를 팔고, 고작 하나를 갖고, 이게 말이나 된다고 생각해요?

거기까지 말하고 보니 황당하게도 내가 뱉은 말 속에 라임이 살아 있다. 정말 열 받는 건 꼭 웃기려고 한 말이 아닐 때 귀신같이 라임이 들어맞는다는 거다. 이래서는 다들 농담이라고 여길 게 뻔하다.

그러나 안경은 그럴 생각이 없어 보인다. 무척 침울한 기색이다.

"그러면 전 대체 어쩌면 좋을까요?"

"하……"

답답한 심정을 담아 보란 듯이 탄성을 지른다.

"계속 키워요! 지금까지 잘 데리고 있었잖아요. 제가 장담하는데 아무 문제 없을 거예요."

"그럴까요."

안경이 어깨를 으쓱한다.

"그럼 우리가 계속 키우기로 해요. 당신도 같이 책임지는 거죠?"

"네."

대답을 하면서도 조금 얼떨떨한 기분이다.

"물론이죠. 무슨 생각인지 모르겠네요, 당신 쥐들이잖아요?"

216

그날 이후 나는 서른여덟 마리 쥐들을 공유한다

눈 깜짝할 사이에 쥐들이 백 마리까지 불어나도록 둘 수 없었기에 우리는 암수를 갈라놓을 새 우리를 만들기로 한다. 쥐들의 성별을 구분하기가 조금 곤란했지만 구글의 도움을 받아 무사히 해결한다.

그리하여 우리는 당분간 골치 아픈 문제들로부터 벗어난다. 쥐들의 존재가 꽤 소중하게 다가온다. 그러던 어느 날, 커다란 충격을 맞닥뜨리고 그 소중함을 새삼 실감하기 전까지, 충분히 만끽한다.

갑자기 안경의 태도가 확 달라진다.

함께 쥐들을 돌보며 3주가 흐를 때까지만 해도 안경은 평소와 다르지 않았다.

그러나 곧 완전히 딴판으로 변해버린다. 변화는 목요일 즈음부터 시작된다.

그동안 내가 예상해왔던 바로 그것이다.

안경이 침묵한다

이상한 일이다. 보통 안경은 이렇게 가만히 있는 성격이 아니다.

안경은 목요일 내내 조용하다.

금요일, 토요일, 일요일.

그리고 나는…….

나는 그 정도로 순진해빠지지 않았다.

이해하고도 남는다.

사람이 갑자기 조용해지는 데에는 그리 많은 이유가 존재하지 않는다. 이유는 오직 하나뿐이다.

안경은 나를 그만 차버리고 싶은 거다. 멋대로 사람을 찾아내놓고 제풀에 싫증 난다고 발을 빼는 망할 인간들만큼 거지 같은 경우가 또 있을까?

안경 쓴 사람들은 원래 이러나?

안경 쓴 사람들의 어처구니없는 이야기를 참고 들어주는 것보다 짜증 나는 일이 또 있을까?

그럴 리가 없다

벌써부터 온몸이 붉게 물들어 얼룩덜룩하다. 월요일이 되자 나는 안경 집 문을 두드린다.

"암컷 쥐들을 데리러 왔어요."

애써 반가운 척한다. 내가 괴로워하는 모습을 보면 혹시라도 고소하게 여길까 봐. 나는 하나도 괴롭지 않다. 마음에 담아둔 게 전혀 없기 때문이다. 그저 안경 낀 저 모습이 몹시 거슬린다는 걸 알려주고 싶을 뿐.

"네?"

"가식 떨지 마시고요."

이럴 수가, 원래 이 표현은 사용해본 적이 손에 꼽을 정도인데.

"지금 무슨 상황인지 전혀 모르겠어요."

그러나 나는 그 말을 무시하고 안경을 지나쳐 기분 나쁘게 잔뜩 꾸며진 집 안으로 들어선 지 오래다. 정말로 기분 나쁜 집이다. 암컷 쥐들의 우리를 들어 올린다.

"당신한테 혼자 생각할 시간이 좀 필요해 보여서요."

즐거운 척, 절대로 괴롭지 않은 척 한다.

"양육권은 반반씩 나누면 될 것 같아요. 그러니까 암컷 쥐들은 저희 집으로 데려갈게요. 그리고 당신은 생각할 시간을 갖는 거죠."

거기서 멈춰야 했는데 유감스럽게도 더 고통스럽게, 덜 침착하게 이 말까지 토해낸다.

"영원히!"

"영원히 생각할 시간이요?"

지금 안경은 확실히 좀 처량해 보인다. 가증스럽다.

"저기요, 전 도무지…… 그러니까, 이해가 안 되는데요?"

"그래요, 이해가 안 되시는군요. 당신은 그러니까 여성이라는 존재에 질린 거고요. 전 그걸 똑똑히 느꼈고요!"

"어어, 아닌데요?"

"그래요, 아니군요!"

분노가 더욱 세차게 끓어오른다. 아니라고? 무슨 그 따위 대답이 다 있지?

"어떤 여자들은 질리고 어떤 여자들은 안 질리고 그런가 보죠?"

이제 화를 숨기려는 노력도 관둔다. 이미 들통난 것 같다.

"아니에요, 근데……."

안경이 곤란한 듯 이마를 살살 문지르며 말한다.

"저는 정말 당신한테 질리지 않았어요. 왜 그런 생각을 했어요?"

"그럼 대체 뭣 때문에 그러는 건데요, 네?!!"

거의 절규에 가까운 소리가 튀어나온다.

"어어, 그건······."

안경이 머뭇거린다.

"그러니까 그건 그냥······ 제가 여기 계속 살면서 그 지긋지긋한 직장에 다닐 수 없게 됐거든요. 그럴 수 없게 됐어요."

웃어야 할지 울어야 할지 모르겠다

나는 여전히 잔뜩, 붉게 물들어 있다. 어느 모로 보나 득은 없고 실만 있는 상황. 젠장! 내 생각이 맞았어야 했다. 그냥 단순한, 조금 불쾌한 상황에 그치고 말았어야 했다. 그러나 정말로 내가 잘못 짚은 거라면, 엄청나게 창피하다.

나는 아무런 이유도 없이 여기 서서 소리만 질러댄 셈이다. 울긋불긋 물든 채로.

슬그머니 암컷 쥐들을 그만 내려놓는다. 좀 전의 패기는 금세 사라져버리고 없다.

"그러면 어디서 살려고요?"

"저 멀리 북쪽 트롬스 주에 들어갈 틈이 하나 있어요."

나는 다시 우리를 번쩍 들어 올린다. 제대로 가라앉기도 전에 또 온몸이 붉게 달아오른다. 틈이라니, 왜 그 따위로 말하는 걸까? 여성의 성기를 의도하고 한 말일까? 세상에, 저렇게 비꼴 줄도 아는 인간이었네. 너무나 역겹다.

"친척 한 분이 트롬스에서 애완동물 가게를 운영하고 계세요. 곧 출산휴가로 가게를 비우셔서 대신 가게를 맡아줄 사람이 필요하다고 전화를 하셨어요."

"아아."

암컷 쥐들이 담긴 우리가 내 손 안에서 요동친다.

"그래서 트롬스로 떠날 생각인가요? 잘됐네요."

조금 기괴하게 보일지도 모르는 웃음으로 다시 소리 지르고 싶은 충동을 겨우 가라앉힌다. '쥐들도 내팽개치고 아주 좋겠네요. 의리에 살고 의리에 죽을 분이네요, 이 배신자!' 같은 소리 말이다.

"그래서 당신한테 묻고 싶었어요. 두 명이 필요하다고 하셨거든요."

나는 아무 말도 꺼내지 못하고 멍하니 서 있는다.

"가게에도 쥐들이 엄청 많거든요. 당신은 쥐 전문가잖아요."

트롬스가 대체 어디야?

나는 트롬스에 대해 아무것도 모른다.

자리에 서서 안경만 멍청히 쳐다본다. 트롬스를 전혀 모르기 때문이다.

어디에 있는지조차 모른다. 지도를 봐도 위치를 집어낼 수 없다.

엄청나게 멀리 떨어진 곳이라는 것만 안다. 안경이 내게 그곳으로 가자고 한다.

나는 침을 두어 번 꿀꺽 삼킨다. 무언가 목에 걸린 것 같다. 불편하다.

"좋아요, 가보죠."

안경은 기뻐 보인다

그동안 안경을 쓴 사람들은 맨눈인 사람들보다 항상 덜 기뻐 보인다고 여겨왔다. 그러나 내 착각이었다. 지금 눈앞의 안경 알을 들여다보니 그렇다. 안경은 정말로 기뻐 보인다.

"농담이죠?"

안경이 천천히 다가온다.

"트롬스에 같이 간다고요?"

"네."

나는 대인배처럼 별거 아니라는 듯 어깨를 으쓱해 보인다. 아까 잠깐 구겨졌던 체면을 다시 세워보려는 노력이다.

정신을 차려 보니 나는 어느새 안경의 품에 안겨 있다.

"미치겠어요, 정말."

안경의 목소리가 내 귀 가까이에서 울린다. 그러고서 안경은 나를 놓아준다.

"그러면 지금 당장 전화드려요!"

열정으로 불타오르는 모습이다.

"왜요?"

기나긴 터널 속을 비추며 나타난 불빛이 순식간에 사라진다. 나는 진심으로 전화가 무섭다. 전화를 하다가 쓰러질지도 모른다.

"같이 일할 사람이 누군지 궁금해하세요. 분명 괜찮을 거예요. 빨리 일에서 손 떼고 싶어 하시거든요."

"헤헤, 그러세요."

안경이 전화를 걸고는 친척과 반갑게 대화를 나눈다. 사이가 좋은 모양이다.

"같이 일할 사람을 찾았어요."

내게 전화를 내민다.

"당신과 이야기하고 싶으시대요."

"괜찮아요."

나는 손을 휘휘 내저으며 전화를 거부한다.

"딱히 드릴 말씀도 없고요, 그냥 일할 수 있다고 하세요."

그러나 안경은 포기하지 않는다. 고집스러운 눈길로 나를 바라본다. 나는 곧 이 일에 선택의 자유가 존재하지 않는다는 걸 깨닫는다. 보통의 삶이 그러하듯이.

"그래요, 애완동물 가게에서 일하고 싶다고요?"

전화기 너머에서 사투리 섞인 억양이 들려온다.

"네."

다른 할 말을 찾지 못하고 그저 고개만 계속 끄덕인다.

"호호, 다행이에요. 사람이 필요했거든요."

"네, 정말 잘됐어요."

"뭐 궁금한 점 있나요?"

"네."

전부터 나는 직장을 구할 때 가만히 있지 말고 적극적으로 질문을 던지는 편이 좋다고 들어왔다. 즉, 일에 흥미를 보이는 것이다. 고용주들로서는 이보다 더 반가운 게 없을 거다. 일에 대한 열정. 문제는 이 순간 써먹을 질문 거리가 없다는 것.

"어어……"

우물쭈물하다 머릿속에 떠오르는 말을 바로 내뱉는다.

"숙식이요."

"뭐라고요?"

"숙식 포함인가요?"

"아니요."

그렇게 대답하고 어째서인지 웃음을 터뜨린다. 아주 재미있어한다.

"다른 질문은요?"

"없어요. 참, 저는 쥐들을 정말 좋아해요. 사실 동물들은 다 좋아해요."

어느새 함께 기차역에 서 있다

시간이 좀 더 걸릴 줄 알았다. 일을 그만두더라도 후임을 구할 때까지 더 나가야 할 수도 있고.

그런데 그럴 필요가 없었다. 두 사장은 이렇게 말하고 끝이었다. '그래, 그만 가봐.'

아무도 내게 작별 인사를 건네지 않았다.

그랬다. 그리고 안경의 사장 역시 그랬다.

"정말 괜찮겠니?"

엄마가 정말 안 괜찮아 보이는 기색으로 묻는다.

"아이참."

볼멘소리가 나온다. 속으로는 어쩌면 빠른 시일 내에 정말 죽을 수도 있겠다고 꽤 확신하면서도.

"안 괜찮을 게 뭐가 있겠어요?"

메마른 웃음을 지어 보인다. 마치 세상살이에 통달한 사람처럼.

안경은 쥐 우리를 들고 내 옆에 서 있다. 방금 내가 한 말이 꽤 재미있다고 여기는 모양이다. 물론 웃기려고 한 말은 아니었다.

엄마가 입술을 꼭 다문다. 괜찮지 않을 일들을 당장 줄줄이 나열하고 싶지만 참는 기색이다.

"그건 그렇고⋯⋯"

아빠가 헛기침하며 입을 연다.

"멋진 모험이겠구나. 그렇게 먼 북쪽까지 일을 하러 떠난다니, 기특한 생각이야."

아빠는 흐뭇하게 웃으며 안경을 바라본다.

"당연히 그래야지요."

엄마도 애써 미소를 지어 보인다. 안경 앞에서 대놓고 싫은 소리를 할 수 없기 때문일 거다.

"어른스러운 결정이구나. 그 정도면 나쁘지 않은 선택이지."

"그래, 그래야지. 크누트네 딸은 바에서 일하는데 약을 못 끊어 난리란다. 그렇게 안 돼서 다행이지. 거기 위쪽에는 술이나 마약 같은 게 많지 않겠지?"

나는 몇 초간 아빠의 얼굴을 찬찬히 뜯어본다.

"없어요, 아빠. 밀매업자들이 그 꼭대기까지는 못 올라와요. 거기 사람들은 술도 거의 직접 담가 먹을 거예요."

"그래?"

평범한 중년 남성이라면 누구나 지금 아빠처럼 웃지 않을까 생각한다.

"그러면 문제없지."

그러더니 갑자기 진지한 얼굴을 한다.

"매일 마시지만 않으면. 그럼 금방 문제가 생겨. 처음 나타

나는 징조는⋯⋯"

그러면서 진지하게 나와 눈을 맞춘다.

"해장술을 마시기 시작하는 거야. 그렇게 되면 얼른 우리한테 전화하렴."

"안 그래요."

재빨리 대답하고 여행 가방 손잡이를 잡는다.

"슬슬 갈까요?"

안경이 고개를 끄덕인다.

"크리스마스에는 집에 오는 거지?"

엄마는 참 별소릴 다 한다.

"아직 반년이나 남았어요. 나중에 얘기해도 될 것 같은데요."

"그렇네, 네 말이 맞다."

"이제 북쪽으로 떠나요."

장난처럼 가볍게 내뱉고 달달거리는 여행 가방을 빠르게 굴린다. 굉장히 무겁다. 기차에 오른다. 한 번도 뒤돌아보지 않는다.

그리고 공은 끊임없이 굴러간다

공이 느닷없이 예기치 않은 길로 굴러간다고 해서 드디어 삶의 목적지를 발견했다고 여기는 건 순진한 생각이다.

그저 방향만 바뀌었을 뿐이다.

삶의 공은 한길에만 머무르지 않는다.

방향은 언제든 바뀔 수 있다.